Sexo, mentiras y engaño
Barbara Dunlop

HARLEQUIN™

Editado por Harlequin Ibérica.
Una división de HarperCollins Ibérica, S.A.
Núñez de Balboa, 56
28001 Madrid

© 2015 Barbara Dunlop
© 2017 Harlequin Ibérica, una división de HarperCollins Ibérica, S.A.
Sexo, mentiras y engaño, n.º 138 - 22.2.17
Título original: Sex, Lies and the CEO
Publicada originalmente por Harlequin Enterprises, Ltd.

Todos los derechos están reservados incluidos los de reproducción, total
o parcial. Esta edición ha sido publicada con autorización de Harlequin
Books S.A.
Esta es una obra de ficción. Nombres, caracteres, lugares, y situaciones
son producto de la imaginación del autor o son utilizados ficticiamente,
y cualquier parecido con personas, vivas o muertas, establecimientos
de negocios (comerciales), hechos o situaciones son pura coincidencia.
® Harlequin, Harlequin Deseo y logotipo Harlequin son marcas
registradas por Harlequin Enterprises Limited.
® y ™ son marcas registradas por Harlequin Enterprises Limited y sus
filiales, utilizadas con licencia. Las marcas que lleven ® están
registradas en la Oficina Española de Patentes y Marcas y en otros
países.
Imagen de cubierta utilizada con permiso de Harlequin Enterprises
Limited. Todos los derechos están reservados.

I.S.B.N.: 978-84-687-9277-4
Depósito legal: M-40637-2016
Impresión en CPI (Barcelona)
Fecha impresion para Argentina: 21.8.17
Distribuidor exclusivo para España: LOGISTA
Distribuidores para México: CODIPLYRSA y Despacho Flores
Distribuidores para Argentina: Interior, DGP, S.A. Alvarado 2118.
Cap. Fed./Buenos Aires y Gran Buenos Aires, VACCARO HNOS.

R0448602353

Capítulo Uno

–No contestes –gritó Darci Rivers corriendo por el suelo de parqué del ático, abarrotado de cosas.

–No va a ser él –dijo Jennifer Shelton mientras metía la mano en el bolso.

Darci se deslizó en calcetines alrededor de un montón de cajas de embalar al tiempo que el teléfono volvía a sonar.

–Es él.

–No es él –Jennifer miró la pantalla del móvil y, a continuación, a Darci–. Es él.

Darci arrebató con destreza el teléfono de las manos de su compañera de piso.

–No vas a darte por vencida.

–Claro que no –respondió Jennifer mirando el aparato con nostalgia.

–Para ti, está muerto –apuntó Darci al tiempo que reculaba a una prudente distancia.

–Tal vez, él esté…

–No lo está.

–No sabes lo que iba a decir.

Darci presionó una tecla para cancelar la llamada y se guardó el teléfono en el bolsillo delantero de los vaqueros.

–Ibas a decir que tal vez estuviera arrepentido.

Jennifer hizo un mohín.

—Puede que lo esté.

Darci se dirigió hacia la cocina de aquel espacio abierto. Una pared de cristal se extendía a un lado con vistas a Chicago. Dos claraboyas decoraban el alto techo y dos buhardillas cerraban cada extremo de la amplia y rectangular habitación.

El teléfono volvió a sonar.

Jennifer la siguió.

—Devuélvemelo.

Darci rodeó la isla central de la cocina.

—¿Qué me dijiste anoche?

—Podría ser un cliente.

—Si es un cliente, dejará un mensaje.

Eran casi las siete de la tarde de un martes. Aunque Darci y Jennifer se enorgullecían de estar fácilmente disponibles para los clientes en su página web, no se morirían por perder a un cliente.

—¿Qué clase de servicio al consumidor es ese?

Darci se sacó el teléfono del bolsillo para mirar la pantalla.

—Es él.

Canceló la llamada y se lo volvió a guardar.

—Podría haberle pasado algo —apuntó Jennifer dando un paso hacia ella.

—Claro que le ha pasado algo: se ha dado cuenta de que hablabas en serio.

Buscó en la encimera una caja en la que había escrito «botellero» y la abrió. Si recordara en qué caja estaban las copas…

Señaló una caja a Jeniffer.

–Mira en esa blanca.

–No puedes quedarte con mi móvil.

–Claro que puedo. Me hiciste jurar que lo haría.

–He cambiado de idea.

–No te puedes echar atrás.

–Esto es ridículo.

–Me dijiste, y cito textualmente, «no me dejes volver a hablar con ese canalla». Creo que las copas de vino están en la caja blanca.

Jennifer apretó los dientes.

Darci tiró de la caja para acercarla y le quitó la ancha cinta adhesiva.

–Te ha engañado, Jen.

–Estaba borracho.

–Va a volver a emborracharse y a engañarte. Ni siquiera sabes si ha sido la primera vez.

–Estoy bastante segura de…

–¿Bastante segura? ¿Te estás oyendo? Tienes que estar segura al cien por cien de que no lo había hecho antes y de que no lo volverá a hacer. En caso contrario, debes dejarlo.

–Eres muy idealista.

–Ajá –Darci había encontrado las copas. Sacó dos y las llevó al fregadero para aclararlas.

–Esas cosas no pueden saberse con total certeza.

–¿Te estás oyendo?

Se produjo un largo silencio antes de que Jennifer contestara.

–Me esfuerzo en no hacerlo.

Darci sonrió mientras sacudía las gotas de las copas.

–Así se habla.

Se volvió hacia la barra donde desayunaban y Jennifer se sentó en un taburete.

–Es tan…

–¿Egoísta?

–Guapo, era lo que estaba pensando –afirmó Jennifer distraídamente mientras abría la caja que estaba más cerca de ella.

–Un hombre tiene que tener algo más que unos buenos pectorales y un trasero prieto.

Jennifer se encogió de hombros y miró en el interior de la caja.

–Dime que tengo razón –dijo Darci.

–Tienes razón.

–Dilo como si lo creyeras de verdad.

Jennifer lanzó un profundo suspiro y sacó un montón de viejos álbumes de fotos.

–Lo digo en serio. ¿Me devuelves el móvil?

–No, pero puedes tomarte una copa de este *merlot* de diez dólares.

Ambas mujeres habían consumido juntas mucho vino barato. Eran amigas íntimas desde el instituto y habían conseguido una beca para estudiar Diseño Gráfico en la universidad de Columbia. Llevaban viviendo juntas cuatro años y compartían opiniones, chistes y secretos.

Darci hubiera dado la vida por su amiga, pero no por Ashton Watson.

Jennifer sentía debilidad por aquel hombre, persuasivo y encantador. Lo había abandonado tres veces en los cuatro meses anteriores, pero, cada vez, él, haciendo uso de toda su elocuencia, le había jurado que sería más considerado y menos egoísta. Y, cada vez, ella había vuelto con él.

Darci no estaba dispuesta a que volviera a suceder. Aquel hombre no sabía lo que era estar en pareja.

Jennifer sacó tres gruesos sobres de papel manila de la caja y los puso al lado de los álbumes.

—No tengo sed.

—Claro que sí —Darci empujó una de las copas al otro lado de la barra.

Jennifer rebuscó en la caja y sacó una cartera de cuero.

—¿Todo esto era de tu padre?

—Estaba en el cajón superior de la cómoda —Darci miró la pequeña colección de cosas de su padre—. Lo empaqueté cuando vacié su piso. Estaba demasiado emocionada para examinarlo ese día.

—¿Quieres que vuelva a guardarlo?

Darci sabía que no tenía sentido seguirlo posponiendo. Se sentó en el otro taburete y tomó un sorbo de vino para darse ánimo.

—Estoy lista. Ya han pasado tres meses.

Jennifer volvió a meter la mano en la caja y sacó una vieja caja de madera.

—¿Son puros?

—Solo fumaba cigarrillos.

—Parece muy vieja —Jennifer la olió—. Es madera de cedro.

Darci sentía más curiosidad que pesar. Echaba de menos a su padre todos los días. Estuvo enfermo y con dolores muchos meses antes de morir. Y aunque ella desconocía los detalles, sabía que había sufrido emocionalmente durante años, lo más probable desde que la madre de Darci se marchó cuando ella era un bebé. Comenzaba a aceptar que, por fin, estaba en paz.

Jennifer levantó la tapa.

Darci miró en su interior.

–Es dinero –dijo Jennifer.

El descubrimiento confundió a Darci.

–Son monedas –Jennifer agarró bolsitas de plástico llenas de monedas de oro y plata–. Parece una colección.

–Seguro que carecen de valor.

–¿Por qué lo crees?

–Durante años tuvo que esforzarse por llegar a fin de mes. No me gustaría que se hubiera privado de muchas cosas y hubiera ahorrado esas monedas para dejármelas.

–Seguía comprando whisky de malta.

Darci sonrió al recordarlo. Nacido y criado en Aberdeen, a Ian Rivers le encantaba el whisky.

–¿Qué es esto? –Jennifer extrajo un sobre doblado de debajo de las monedas. En el pliegue había una fotografía.

Darci la miró.

–Es mi padre, sin lugar a dudas.

Ian estaba de pie en un pequeño despacho, poco amueblado, con las manos apoyadas en un escritorio de madera. Darci dio la vuelta a la foto, pero no había nada escrito en el reverso.

Jennifer abrió el sobre, que no estaba sellado.

—Es una carta.

—¿Para mi padre?

Darci se preguntó si sería una carta de amor. Incluso pensó que sería de su madre, Alison, aunque no habían vuelto a saber nada de ella.

—Es de tu padre y está dirigida a un tal Dalton Colborn.

Hacía años que Darci no oía aquel nombre. Como no decía nada, Jennifer la miró.

—¿Lo conoces?

—No en persona. Era el dueño de Colborn Aerospace. Y fue socio de mi padre.

—¿Tu padre trabajó en Colborn Aerospace?

—Tenían juntos otra empresa, D&I Holdings. No sé mucho de ella. Dejaron de ser socios cuando yo era un bebé —Darci miró la foto—. Dalton y mi padre eran ingenieros. Juntos fundaron la empresa, pero parece que la cosa acabó muy mal. Recuerdo que mi padre se enfurecía al ver el nombre de su exsocio.

—Hay un sello de treinta y dos centavos en la carta. No se echó al correo.

El sobre no estaba cerrado.

—Léela —dijo Darci.

—¿Estás segura?

Darci dio un largo trago de vino.

—Estoy segura.

***

Shane Colborn mandó el libro de un empujón al otro lado del escritorio de madera de cerezo. Justin Massey, director del departamento jurídico de Colborn Aerospace, lo atrapó antes de que cayera al suelo.

—No se puede caer más bajo —dijo Shane.

Detestaba leer lo que se publicaba sobre él. Los artículos de negocios ya eran malos; los periódicos sensacionalistas, peores, pero, por fortuna, eran cortos; aquel libro era espantoso.

—No hay forma de evitar que se publique —dijo Justin. Bastante suerte hemos tenido de poder hacernos con este ejemplar —hizo una pausa—. ¿Cuánto de cierto hay en él?

Shane se esforzó en reprimir la ira que le enturbiaba las ideas.

—No lo sé. ¿Quieres una cifra? Un veinte, tal vez un treinta por ciento. Las fechas, los lugares y los hechos son exactos. Pero seguro que no hablo en la cama como un poeta del siglo XVIII.

Justin esbozó una sonrisa.

—Cállate —le ordenó Shane.

—No he abierto al boca.

Shane empujó hacia atrás el sillón y se levantó. En lugar de disminuir, su ira había aumentado.

—No flirteaba con otras mujeres cuando ella estaba presente. ¿Y tacaño? ¿Tacaño yo? Creo que esa mujer no miró una etiqueta durante todo el tiempo que estuvimos saliendo: limusinas, restaurantes, ropa, fiestas… Le regalé una pulsera de diamantes por su cumpleaños, el pasado mes de marzo.

Era un regalo que lamentaba. No le importaba el precio, pero los diamantes tenían algo íntimo, sobre todo cuando era una joya hecha por encargo. Pero Bianca había le hecho mohínes y lloriqueado hasta que él había cedido. Se alegraba de haberse librado de sus quejas.

—Me preocupa sobre todo el capítulo seis.

—¿Es en el que me acusa de espionaje industrial?

—A los clientes verdaderamente les da igual cómo te comportes en la cama. Pero sí les preocupa que les robes la propiedad intelectual.

—No lo estoy haciendo.

—Ya lo sé. No es a mí a quien debes convencer.

A Shane le tranquilizó que su abogado confiara en él. Señaló con la cabeza la portada del libro.

—¿Hay alguna forma de refutarlo?

—No, a menos que no te importe que se desate en los medios de comunicación una batalla entre lo que dice ella y lo que dices tú. Sabes que Bianca irá a todos los programas de entrevistas locales. Cualquier movimiento que lleves a cabo solo servirá para prolongar la historia.

—Así que debo mantenerme en silencio.

—Así es.

—¿Y dejar que crean que soy un cobarde?

—Diré a nuestros clientes que las acusaciones de espionaje industrial son ridículas. Si quieres, les puedo hablar de tu vida sexual.

—Muy gracioso.

—Intento serlo. ¿Has sabido algo de Gobrecht esta semana?

Shane negó con la cabeza.

Gobrecht Airlines tenía la oficina central en Berlín y se hallaba en la fase final de aprobar un contrato para la construcción de veinte aviones. El Colborn Aware 200 era el modelo favorito. Si Gobrecht se comprometía a comprárselos a Colborn Aerospace, era probable que Beaumont Airlines siguiera su ejemplo y les encargara un número mayor.

Justin retrocedió hacia la puerta del despacho.

—Tu perfil público siempre ha sido bueno para los negocios, pero, por favor, ¿podrías intentar no aparecer en los titulares durante un tiempo?

—Nunca he tratado de salir en ellos. Creí que Bianca estaba al tanto de la situación.

Se la habían presentado los Miller. Era hija de un buen amigo de la familia, por lo que Shane supuso que había crecido rodeada de gente rica e importante. No se le ocurrió que le gustara hacer confidencias en público ni, desde luego, que fuera a escribir un libro en el que supuestamente lo contaba todo acerca de él por dinero.

—Es imposible saber en quién se puede confiar —observó Justin.

—Yo confío en ti.

—Estoy obligado por contrato a ser fiable.

—Tal vez sea lo que deba hacer la próxima vez —Shane bromeaba solo a medias—. Que las mujeres con las que salga firmen un acuerdo de confidencialidad antes de pasar a la acción.

—Sería mejor que no salieras con nadie durante cierto tiempo.

–No parece muy divertido.

–Lee o haz algo que te distraiga.

–¿Como jugar al golf o pescar?

–No hay mucha pesca en Chicago y sus alrededores, pero puedes jugar al golf.

–Lo intenté una vez. Fue una experiencia horrible –Shane se estremeció al recordarlo.

–Ya sabes que lo importante no es la pelota, sino la conversación.

–La gente aburrida juega al golf.

Justin se detuvo al lado de la puerta cerrada.

–La gente poderosa juega al golf.

–Preferiría hacer submarinismo o tirar al blanco.

–Pues hazlo.

Shane se lo había planteado: un largo fin de semana en los cayos o en una cabaña rústica en Montana.

–Es difícil sacar tiempo para hacerlo.

–Ahora que no vas a salir con nadie, tendrás un montón.

–Hay reunión de la junta directiva el viernes. El miércoles por la mañana inauguro la nueva planta de R&D. El sábado por la noche soy el anfitrión de la fiesta en la mansión familiar para recaudar fondos para operaciones de salvamento. Y no voy a presentarme sin una mujer.

–Tendrás que hacerlo.

–No.

–Entonces, búscate a una acompañante segura –dijo Justin–. Llévate a tu prima.

–Madeline no va a ser mi acompañante. Sería lamentable. Y no quiero parecer lamentable en mi propia fiesta.

–No parecerás lamentable, sino astuto. El truco consiste en no ofrecer a los medios nada de lo que puedan hablar.

–¿No crees que dirán que salgo con mi prima?

–Dirán que Madeline y tú fuisteis unos anfitriones impecables y que Colborn recaudó cientos de miles de dólares para las operaciones de salvamento.

El instinto indicaba a Shane que debía oponerse, pero se obligó a reflexionar sobre ello. ¿Era una vía segura hacer de anfitrión con Madeline?

Sabía que ella lo haría por él. Era un encanto. ¿Evitaría así las críticas? Y lo más importante, ¿protegería su intimidad?

–Hay una fina línea entre aparecer acompañado en público y convertirse en un espectáculo para los medios –afirmó Justin.

–Y yo la he cruzado, ¿verdad?

–Bianca lo ha hecho por ti.

Shane capituló.

–Muy bien, llamaré a Madeline.

–Es una decisión acertada. Ya sabes que las mujeres con las que sales se acuestan con el personaje multimillonario y no con el hombre.

–Así la mansión familiar servirá para algo bueno.

La casa de Barrington Hills llevaba décadas en manos de su familia. Pero estaba a una hora de distancia del centro de la ciudad. ¿Y para qué necesitaba un soltero siete dormitorios?

Shane solía vivir en un ático de Lake Shore Drive, con tres dormitorios, unas vistas fantásticas y muy buenos restaurantes en la vecindad.

–Estoy seguro de que tu padre estaría orgulloso del uso que haces de la casa familiar.

Shane sonrió al recordarlo. Su padre había muerto trágicamente con su madre, seis años antes, en un accidente de barco, cuando Shane tenía veinticuatro años. Los echaba de menos. Y aunque Justin había hablado con sarcasmo, Dalton no hubiera tenido ningún problema con la vida amorosa de su hijo.

Shane oyó la voz de Ginger, su secretaria, por el interfono.

–Señor Colborn, le llama Hans Strutz, de Gobrecht Airlines.

Justin y Shane se miraron con cierta preocupación.

Shane pulsó el botón del interfono que había en el escritorio.

–Pásemelo.

–Muy bien. Línea uno.

–Gracias, Ginger –respiró hondo–. A ver si son buenas o malas noticias.

Justin agarró el picaporte de la puerta.

–Llámame cuando hayas acabado.

***

Darci estaba sentada en el banco de la parada de autobús, enfrente de la oficina central de Colborn Aerospace. El sol de junio brillaba.

La carta que su padre no había enviado le había supuesto una revelación. En ella, Ian explicaba su amargura, la rabia que sentía hacia Dalton Colborn y, probablemente, su afición por el whisky, que había ido aumentando con los años. En la carta acusaba a Dalton de haberle traicionado por haberle robado y haber patentado el diseño de una turbina de nueva generación.

Parecía que Ian y Dalton habían sido buenos amigos durante muchos años, hasta que la avaricia se apoderó del segundo y quiso quedarse con todo. En la carta, Ian lo amenazaba con demandarlo. Era evidente que quería dinero, pero también el reconocimiento profesional por su invento. Dalton recibió un prestigioso premio por la turbina, lo cual le otorgó fama, que se tradujo en riqueza y en un crecimiento vertiginoso de Colborn Aerospace. Mientras tanto, el matrimonio de Ian se deshizo y él cayó en una espiral de depresión y oscuridad.

La carta afirmaba que había pruebas irrefutables de la reclamación de Ian en los archivos de la empresa. Los esbozos originales de la turbina, con su firma, se hallaban ocultos en un lugar que solo él sabía. Pensaba iniciar una demanda judicial para obligar a Dalton a decir la verdad.

Pero Ian no envió la carta. Y Darci solo podía suponer las razones por las que su padre había cambiado de idea. Tal vez no quisiera proporcionar la información de la existencia de los dibujos originales a Dalton por miedo a que los hallara y los destruyera. Si era así, ¿por qué no había recurrido a un abogado? Tal vez lo hubiera hecho.

Darci pensó que nunca lo sabría.

Y allí estaba, mirando el edificio de Colborn Aerospace y preguntándose si las pruebas estarían en su interior. ¿Habría allí papeles juntando polvo que demostraban que su padre había sido un ingeniero brillante? ¿Cómo podría hacerse con ellos?

Observó a la gente que entraba y salía. Si entraba en el vestíbulo en aquel mismo momento, nadie la detendría, aunque probablemente hubiera encargados de la seguridad que no la permitirían ir mucho más allá. Podía preguntar por Shane Colborn, subir a verle y exigirle que mirara los archivos.

Pero eso sería una estupidez. Lo más probable era que Shane fuera tan egoísta y avaricioso como su padre. Si se enteraba de la existencia de pruebas de la falta de honradez de la familia, no iba a consentir que Darci las buscara, sino que lo haría él y las destruiría.

Era la hora de comer, y cientos de personas caminaban por el parque y las aceras.

Darci pensó que lo inteligente sería marcharse, olvidar la existencia de la carta y seguir con su vida.

Era viernes. Esa noche, Jennifer y ella iban a ir al Woodrow Club, donde habían quedado con unos amigos de la universidad para tomar unas copas y tal vez conocer a tipos simpáticos.

La empresa de diseño de webs que Jennifer y ella tenían crecía a un ritmo satisfactorio. Pensaban irse de vacaciones en julio a Nueva York. Habían reservado un hotel en Times Square y entradas para tres espectáculos. Sería fantástico.

Darci observó las puertas de cristal que conducían al vestíbulo de Colborn Aerospace al tiempo que especulaba sobre quién tendría acceso al sótano. Tal vez alguien que fuera a hacer una reparación. Podían alquilar un uniforme, comprar una caja de herramientas y fingir que era de la compañía telefónica o eléctrica.

Lo malo era que no distinguía un fusible de una resistencia.

¿Y si llevaba una pizzas?

Una mujer subió las escaleras hacia la puerta principal, se detuvo a alisarse la falda y pareció que se preparaba para algo antes de agarrar el picaporte. Parecía joven, nerviosa y tímida.

Darci dedujo que iba a una entrevista de trabajo.

Se irguió en el banco porque una idea inesperada se había abierto paso en su cerebro.

Solicitaría un puesto, trabajaría para Colborn. Era un plan brillante.

Capítulo Dos

En circunstancias normales, el sentimiento de culpa hubiera impedido a Darci colarse en una fiesta, sobre todo si se trataba de una a la que hubieran acudido las personas más importantes de Chicago. Pero, después de una semana trabajando en Colborn Aerospace, se había enterado de que los archivos más antiguos se hallaban en la mansión Colborn. Esa noche tendría la ocasión de echar un vistazo.

Había alquilado un vestido de seda de cuatro mil dólares, se había gastado una fortuna en unos brillantes zapatos de tacón y otra en peluquería y maquillaje en un salón de belleza. En su opinión, tenía un aspecto fabuloso. Nadie adivinaría que no era rica e influyente.

Lo que tenía que hacer era entrar.

Al final de la escalera semicircular un mayordomo comprobaba discretamente las invitaciones. Darci, a los pies de la misma, se preguntó cuál sería la mejor manera de abordarlo, pero no se atrevió a quedarse mucho rato allí por miedo a llamar la atención.

Una pareja de pelo cano pasó a su lado. La mujer llevaba un espectacular vestido azul con un broche de diamantes en el hombro. Darci tomó rápidamente una decisión y se puso a su lado.

–Ese broche es precioso –dijo mientras subían las escaleras.

Por suerte, la mujer se volvió hacia ella y le sonrió.

–Gracias, es un Cartier.

Darci frunció el ceño.

–Vaya, tiene un pequeño pliegue –tocó la tela al lado del broche, fingiendo que la alisaba.

–¿Me deja ver su invitación, señor? –preguntó el mayordomo al caballero.

El corazón a Darci se le aceleró cuando se la entregó.

–Muchas gracias por venir, señor Saunders.

–Ya está –comentó Darci a la mujer, con la vista clavada en el vestido y fingiendo que formaba parte de la familia–. Así está mucho mejor.

–Gracias –la dama, que debía de ser la señora Saunders, asintió agradecida.

Otra pareja llegó detrás de ellos y atrajo la atención del mayordomo. Darci se adelantó a toda prisa.

El corazón aún le latía desbocado mientras cruzaba las majestuosas puertas para entrar en el enorme vestíbulo.

–Que disfruten de la velada –consiguió decir a la señora Saunders.

–Y usted también –replicó ella.

Darci se dirigió a la derecha deseando mezclarse con la gente.

–¿Champán, señora? –le preguntó un camarero uniformado.

–Gracias –Darci agarró una copa de la bandeja.

No tenía intención de tomar alcohol, pero sostener la copa la haría parecer una verdadera invitada.

A principios de la semana había comenzado a trabajar en los archivos de Colborn Aerospace. Era un puesto de categoría inferior que requería poca experiencia y estaba muy mal pagado.

Pero, para ella, era perfecto, porque le daba acceso a los sótanos del edificio. Jennifer y ella habían examinado las pertenencias de su padre con la esperanza de hallar una pista sobre dónde se hallaban los planos originales de la turbina, pero, por desgracia, no habían encontrado nada que pudiera ayudarlas.

Sin embargo, cuando le habían enseñado el edificio de la empresa, le habían dicho que algunos de los archivos históricos se hallaban en el sótano de la mansión. Así que cuando leyó que iba a celebrarse una fiesta para recaudar fondos para las operaciones de salvamento, urdió un plan.

Mientras los invitados la rodeaban en el salón principal, dio un sorbo de champán.

–Buenas noches –un hombre de treinta y tantos años, con traje de ejecutivo, se le acercó.

–Buenas noches –respondió ella con una sonrisa amistosa.

Él le tendió la mano.

–Lawrence Tucker, de Tucker Transportation.

–Darci… –dudó medio segundo al darse cuenta de que no debía decirle su apellido– Lake.

–Encantado de conocerla. ¿Apoya usted el programa de operaciones de salvamento?

–Desde luego. ¿Y usted?

Él le estrechó la mano con firmeza. Era un hombre bastante atractivo, alto, de anchas espaldas y poderosa presencia.

–Tucker Transportation ha donado veinte contenedores de mercancías para transportarlos a cualquier punto de Europa.

–¿Transportan mercancías a Europa? –ella quería que la conversación se centrara en él.

–A todo el mundo: Europa, Asia, África, el Pacífico…

–¿Son una gran empresa?

–¿Nunca ha oído hablar de nosotros?

–Desde luego que sí –mintió ella–. Pero no conozco muchos detalles.

–Somos la tercera compañía de transporte del país.

–Admirable –Darci tomó otro sorbo de champán.

–Estabas aquí, Tuck –una preciosa mujer rubia lo agarró del brazo posesivamente.

–Hola, Petra –el hombre la saludó con un rápido beso en la mejilla.

Ella hizo un mohín con sus rojos labios.

–Recuerda que me has prometido acompañarme al recorrido por la bodega.

–No me he olvidado.

La mirada de la mujer se detuvo en Darci.

–Te presento a Darci Lake –dijo Tuck.

–Encantada –dijo Petra, sin soltar a Tuck.

Era unos cuantos centímetros más alta que Darci y llevaba tacones muy altos. Darci supuso que estaría cerca de la treintena. Su peinado y su manicura eran perfectos. Y era probable que el vestido costara más que el de Darci. Además, seguro que era suyo.

–Ha sido un placer conocerlo –dijo Darci a Tuck, ya que no tenía ninguna intención de obstaculizar los planes de Petra sobre él–. Tal vez nos veamos después.

Darci se dirigió a la parte trasera de la casa, dejó a sus espaldas el salón y se halló en un amplio pasillo de altos techos, pilares de mármol y brillantes arcos blancos con una enorme araña de hierro forjado en el centro. La decoración era de tema ecuestre, con una gran estatua de bronce de un semental en una mesa de madera. En las paredes colgaban óleos de cuadras rurales y vistas campestres. Había sillones de terciopelo rojo a lo largo de las paredes.

A Darci le llamó la atención una pequeña puerta que estaba abierta. Daba a una escalera. Se dirigió hacia ella fingiendo admirar un reloj de pared. Se sentía como si fuera una espía, y miró a su alrededor para ver si alguien prestaba atención a sus movimientos.

Allí había menos gente que en el salón, pero la suficiente para pasar desapercibida. Volvió a echar una rápida ojeada y comenzó a bajar la escalera a toda prisa.

Estaba oscuro, por lo que se agarró a la barandilla. Al final llegó a un estrecho pasillo de paredes blancas, suelo de baldosas azules y plateadas y luces fluorescentes en el techo.

El corazón comenzó a latirle con fuerza cuando tuvo que elegir entre ir a la derecha o a la izquierda. La derecha la llevaría a la parte trasera de la casa, en tanto que la izquierda lo haría a la parte delantera. Era una decisión a cara o cruz, pero le pareció que era más probable que los archivos con décadas de antigüedad se encontraran en la parte trasera.

Giró a la izquierda y siguió el pasillo.

Llegó a una puerta y probó a abrirla. Estaba cerrada con llave. Movió el pomo a un lado y otro pensando que sería viejo y cedería.

–¿Qué desea? –le pregunto una voz profunda en tono acusador.

Ella se dio rápidamente la vuelta y el alma se le cayó a los pies. Tragó saliva.

–Señor Colborn.

Él dio un paso hacia delante y sus penetrantes ojos azules la dejaron clavada en el sitio.

–¿Se ha equivocado de dirección?

Darci se estrujó el cerebro buscando una explicación plausible.

–Esto… Me han dicho que iba usted a mostrarnos la bodega.

–¿Ah, sí?

–Lo ha dicho Petra. Petra y Tuck. He estado hablando con ellos.

–¿Conoce a Tuck?

Darci asintió con la cabeza.

Shane Colborn pareció tranquilizarse un poco.

–Yo todavía no lo he visto.

–Petra lo encontró hablando conmigo y, bueno, no me pareció que quisiera compartirlo.

Shane sonrió.

–Le tiene echado el ojo desde que éramos adolescentes.

Shane se acercó más a ella y le tendió la mano.

–Shane Colborn, el anfitrión de la fiesta. Bueno, los anfitriones somos mi prima Madeline y yo.

Darci aceptó la mano tendida.

–Ya sé quien es usted. Me llamo Darci Lake. Tiene una casa notable.

–¿Notable por su atractivo o notable por su ostentación?

–Un poco por ambas cosas –respondió ella sin pensar–. Es maravillosa, desde luego, pero no me imagino…

–¿Viviendo aquí?

–Me intimida –respondido ella con sinceridad.

El ceño fruncido de él le indicó que estaba arruinando la conversación. Criticar la casa era lo último que deseaba.

–No quería decir eso –negó con la cabeza–. ¿Volvemos a empezar?

–Adelante.

–Es una casa estupenda y estoy segura de que

le encanta. Pero es más opulenta de lo que estoy acostumbrada a ver, por lo que se me hace difícil imaginar a alguien viviendo aquí.

–A mí·también me resultante intimidante. Y eso que me crie aquí.

–¿Así que se estaba burlando de mí?

–En efecto.

–Pues eso está muy feo.

–Me la he encontrado husmeando en el sótano e intentando abrir una puerta cerrada con llave, por lo que no creo que mi conducta sea merecedora de crítica.

Se hubiera dado de bofetadas por haber reconducido la conversación a lo que ella hacía allí. Pero, cuál no sería su sorpresa al ver que él le ofrecía el brazo.

–¿Sigue queriendo ver la bodega?

–Sí –respondió ella.

–La visita oficial está programada para más tarde, pero podemos adelantarnos.

Ella se agarró a su brazo y le rozó el bíceps con el pulgar: era duro como el acero.

–¿Prefiere los vinos europeos o los americanos? –preguntó él mientras se dirigían a la parte delantera de la mansión.

–Los americanos –respondió ella, que no sabía absolutamente nada de vinos.

–¿Así que no es usted una esnob?

–No.

–Mi vino preferido es *cabernet sauvignon*. ¿Y el suyo? ¿Un *cabernet* o un *pinot noir*?

–*Cabernet* –respondió ella para complacerlo.

–Miente.

–No.

–Entonces, intenta ser amable –dijo él riéndose.

Ella lo miró de reojo. Era un hombre increíblemente guapo. Ella ya lo sabía por las fotos de los medios, que no le hacían justicia. Algunos periódicos sensacionalistas lo consideraban el soltero más cotizado de Chicago, y ella no iba a discutirlo.

Pasaron junto a otra puerta cerrada y ella recordó el motivo de que estuviera allí. Tenía que concentrarse.

–¿Qué hay ahí dentro?

–¿En dónde? –preguntó él, perplejo.

Ella reculó al darse cuenta de que podía volver a levantar sus sospechas.

–¿Qué tiene la gente en una gran sótano como este, aparte de la bodega?

–Buena pregunta. El único sitio al que voy es a la bodega, ya que soy soltero y un playboy.

–¿Quién miente ahora? –no se creyó ni por un momento que no hubiera inspeccionado el sótano.

–Muebles antiguos, cajas con cosas de mis padres, probablemente algunas obras de arte y objetos de plata. No hay cadáveres, si se refiere a eso.

–No me refería a eso, pero ahora que lo dice… –ella miró hacia atrás con preocupación fingida.

–… estamos solos aquí abajo –él finalizó la frase con voz teatral.

–¿Es usted de fiar, señor Colborn?

–Totalmente. Ya hemos llegado.

Se detuvo frente a una ancha puerta de madera que parecía la entrada a un calabozo. Sacó una larga llave y la introdujo en la cerradura, y ella, durante unos segundos, se preguntó si él no sabría quién era y debiera estar asustada.

–Mi padre coleccionaba vinos muy caros.

La puerta se abrió con un crujido.

–Así que aquí no es donde encierra a las jóvenes inocentes a las que pilla en su propiedad sin autorización.

–Esa habitación está más adelante.

–Bueno es saberlo.

Shane encendió la luz y se iluminó una inmensa sala, cuyas paredes de piedra se extendían más allá de lo que alcanzaba la vista. En el centro había una mesa de madera con al menos veinte sillas a su alrededor. El techo tenía pesadas vigas de madera sostenidas por gruesos pilares. Botelleros y estantes se extendían por las paredes.

Hacía frío y olía a cedro. Algunas botellas estaban expuestas, y copas de distintas formas y tamaños colgaban boca abajo sobre la mesa.

–Es increíble –susurró ella entrando y mirando a su alrededor.

–¿Increíblemente encantador o increíblemente intimidatorio?

–Sobrecogedor –respondió ella al tiempo que lo miraba todo, asombrada–. Me impulsa a saber más sobre vinos.

–¿Qué le gustaría aprender?

–¿Cuáles son los buenos?

–¿Lo dice en serio? –preguntó él asombrado. Me esperaba una pregunta más específica.

–Muy bien. ¿Cuáles saben bien?

–¿Un *cabernet sauvignon* americano?

–Tiene razón. Antes he fingido. No sé nada de vinos.

–Muy bien –dijo él con un brillo particular en sus ojos azules–. Entonces, siéntese.

Darci lo hizo y él la imitó al tiempo que se inclinaba hacia ella, que olió su fresco aliento.

–No voy a convertirla en una esnob si aún no lo es. Empezaremos con un *pinot noir*, para seguir con un *merlot*, un *cabernet sauvignon* y un *shiraz*.

–¿Bromea? ¿Cuatro botellas de vino? Voy a emborracharme.

–No vamos a bebérnoslas enteras –apuntó él al tiempo que se levantaba.

Por supuesto que no. Parecía tonta. Intentó arreglarlo.

–Me refería a que una degustación funciona mejor con más gente.

–Es cierto. ¿Quiere que vaya a buscarla?

No quería, lo cual era preocupante. No debiera querer estar a solas con Shane.

–Yo tampoco –dijo él en tono íntimo al tiempo que le rozaba el hombro.

Antes de que ella pudiera responderle, él ya estaba recorriendo la sala y sacando botellas. Ella se inclinó para observarlo y se fijó en su expresión inteligente mientras examinaba las etiquetas. Había leído que medía un metro noventa, y era evidente que estaba en excelente forma física. Se imaginó que tendría el estómago duro como una tabla. Ya había tenido la oportunidad de tocarle los bíceps.

Sabía que no debiera fijarse en esas cosas, porque no podía permitirse distracción alguna.

Shane se dio cuenta de que tenía abandonados al resto de sus invitados. Eran casi las diez y debería subir a desempeñar su papel con su prima Madeline, pero quería saber la opinión de Darci sobre el *shiraz*, el último vino que iban a probar.

Cada vez que se celebraba en la mansión la fiesta para recaudar fondos para operaciones de salvamento, conocía a gente nueva, pero nadie lo había fascinado como Darci Lake. Era una persona con los pies en la tierra, carente de afectación y con capacidad de reírse de sí misma.

Ella se inclinó sobre la copa e inhaló.

—Es más ácido —dijo frunciendo la nariz.

Era hermosa, de cabello color caoba que le llegaba a la altura de los hombros. Debía de medir un metro setenta. Era esbelta, con magníficos senos, largas piernas y manos delicadas. Tenía los labios carnosos, largas pestañas y grandes ojos verdes. Shane no podía dejar de mirarlos.

Ella tomó un sorbo de vino.

—Sí, es más ácido. Prefiero el *cabernet sauvignon*.

—Bienvenida al lado oscuro.

—¿Soy una bohemia porque me guste?

–Tiene un gusto excelente en cuestión de vinos. Le gusta lo mismo que a mí.

Ella echo un vistazo a la mesa.

–Lo hemos puesto todo perdido y usted va a traer a sus invitados aquí para una degustación.

Él miró el reloj y consideró la posibilidad de suspender la degustación buscando cualquier excusa para seguir allí a solas con Darci.

Estaba agradecido a Justin por haberlo convencido de no llevar a ninguna mujer con él esa noche. Todavía faltaban horas para que acabara la fiesta y el pinchadiscos iba a comenzar su trabajo.

Tomó una decisión, agarró la copa y se levantó.

–Vamos a llevarnos las copas.

–¿Adónde?

–El baile está a punto de comenzar. ¿Quiere bailar?

La pregunta pareció sorprenderla.

–¿Con usted?

–Conmigo. ¿Por qué no?

–Tiene muchos invitados y aún no ha llevado a cabo la verdadera degustación.

Él se inclinó sobre la mesa y la tomó de la mano.

–La hará mi prima. Yo ya he tenido bastante por ahora.

Salieron al pasillo agarrados de la mano.

–¿No va a cerrar la puerta? –preguntó ella.

–No hace falta. El sumiller bajará dentro de unos minutos.

–¿Tiene sumiller?

–¿Acaso no lo tiene todo el mundo?

Ella dio un traspiés y él se dio cuenta de que había quedado como un imbécil pretencioso al decir aquello.

–Perdone.

–No hay nada que perdonar –dijo ella alzando la cabeza para mirarlo.

–No soy un niño mimado. La mansión está equipada a propósito para esta clase de entretenimiento, pero mi vida normal no es esta.

–Es un hecho que su familia tiene mucho dinero.

–Sí, pero no por eso soy prepotente, Darci. ¿Te importa que te tutee?

–No, y no me debes una explicación.

–Te has enfadado.

–No –dijo ella apartando la vista.

Pero él notó que algo había cambiado.

–¿Vas a bailar conmigo?

Ella apretó los labios.

–Por favor, baila conmigo.

Se oyeron voces en el pasillo. Shane reconoció el acento. El sumiller y sus ayudantes iban de camino a la bodega.

–De acuerdo –dijo ella–. Solo un baile.

Él, dejándose guiar por un impulso, le pasó el brazo por los hombros.

El sumiller, Julien Duval, apareció en el pasillo.

–Hay que limpiar la mesa de la bodega.

–Enseguida. ¿Vendrá a la degustación?

–Esta vez no. ¿Puede ir a buscar a Madeline para que me sustituya?

–Desde luego.

–Gracias, Julien.

Shane subió las escaleras detrás de Darci, lo cual le proporcionó una maravillosa vista, ya que el vestido resaltaba su esbelta figura y se le ceñía a las nalgas.

Al llegar arriba, él le puso la mano en la espalda para guiarla hasta el salón, donde la música había comenzado a sonar. La gente no paraba de saludarlo y él devolvía los saludos sin dejar de avanzar. Dejaron las copas, salieron a la pista de baile y él la tomó en sus brazos.

Acababan de empezar a bailar cuando la música cesó.

–Este no cuenta –le susurró él al oído.

–¿Te estás inventando las reglas? –preguntó ella en tono divertido.

–En mi casa, las reglas las pongo yo.

La siguiente melodía también fue un vals.

–¿Siempre eres tan autoritario?

–No, rara vez.

Ella se acomodó en sus brazos y se dejó llevar por él.

–¿Te encargas de todo en Colborn Aerospace?

–Técnicamente, sí.

–¿Eres un jefe tiránico?

–Yo diría que no –Shane sonrió–. Pero es probable que todos los jefes tiránicos del mundo nieguen que lo sean, así que tendrás que preguntárselo a mis empleados.

–¿Hay alguno aquí?

–Algunos directores de departamento. ¿Quieres que te los presente?

–No –respondió ella con rapidez.

–¿No quieres preguntarles por mí?

–No me importa su opinión.

–De acuerdo.

–Ya me estoy haciendo una idea yo sola.

Él deseaba eso: que ella tuviera la oportunidad de hacerse una idea de cómo era. La apretó más contra sí. Al principio, ella se resistió y se puso rígida, pero él persistió y ella acabó por relajarse.

Shane deseaba a Darci Lake, la deseaba mucho. Apoyó la mejilla en su cabello y aspiró su aroma a cítricos. Sus muslos se tocaban y se movían al unísono con la música.

Él cedió a la tentación y la besó en el nacimiento del cabello al tiempo que le susurraba al oído:

–Quiero que te quedes esta noche conmigo.

Ella se apartó bruscamente de él. Parecía horrorizada. Shane estuvo a punto de darse de bofetadas.

Capítulo Tres

La propuesta de Shane había sido una dosis de realidad.

Darci se dio cuenta de que había perdido el juicio. El sentido común la había abandonado mientras se pegaba desvergonzadamente al cuerpo de Shane balanceándose al ritmo de la música. No era de extrañar que él hubiera creído que se le estaba insinuando.

–Lo siento, no quería decir eso –se disculpó él.

Pero ella estaba segura de que era eso precisamente lo que quería decir, y de que ella tenía la culpa por haberle dado pie.

–Me refería a lo que dure la fiesta. No quiero que te vayas antes de que acabe.

Ella dio un paso atrás mientras se decía que estaba allí para espiar a Shane Colborn, no para ligárselo. Aunque ligárselo le parecía una idea muy razonable. Seguro que se debía a los efectos del vino.

–Por favor, no dejes de bailar –le rogó él acercándosele.

–No era mi intención que te hicieras una idea equivocada –le aseguró ella.

–No has hecho… –dijo él tomándola de la mano.

–Nos acabamos de conocer. Yo no…

Shane volvió a tomarla en sus brazos y ella no tuvo fuerzas para desasirse. Se dijo que, cuando acabara esa pieza, se despediría educadamente y se iría. Necesitaba calmarse y pensar.

–Gracias por la visita a la bodega. Te estoy agradecida porque me hayas dedicado tiempo.

–Pero ¿no muy agradecida? –preguntó él en tono jocoso.

Su inesperada broma la desarmó.

–Nunca estoy muy agradecida por nada.

–Me alegra saberlo.

–No me lo creo.

–Digamos –dijo él riéndose– que me alegra saber que nunca has estado muy agradecida a ningún otro hombre.

–¿Ya tienes una opinión sobre mi vida personal?

–Sí.

–¿Recuerdas que hace dos horas que nos conocemos?

–Pues me parece que hace más tiempo –contestó él.

–¿Te aburres?

–En absoluto, pero, extrañamente, comienzo a adoptar una actitud de amo y señor.

Ella sabía que tenía que cambiar de tema de conversación, pero la curiosidad prevaleció.

–¿En qué sentido?

–No quiero que nadie más baile contigo.

–Dudo que vaya a hacerlo alguien –Darci no conocía a nadie allí.

–Estoy seguro de que lo harán si dejo que te vayas –la atrajo más hacia sí–. Así que no voy a hacerlo.

–No me parece muy práctico, ya que eres el anfitrión.

–Mi prima me ayuda en mis deberes.

–¿No está ocupada en la bodega?

–Sí, pero nuestros empleados son fantásticos.

–¿Así que piensas desentenderte de tus invitados y bailar conmigo toda la noche?

–Haré contigo lo que quieras toda la noche –replicó él con los ojos brillantes y la voz ronca.

–Ya sabes a lo que me refiero –dijo ella dándole un codazo en las costillas.

–Eso no implica que no pueda burlarme de ti.

–¿Siempre eres así?

–Así, ¿cómo?

La música cambió, pero ella fingió no haberlo notado.

–Tan simpático y tomándote tantas confianzas con alguien a quien acabas de conocer.

–¿Y tú?

La pregunta la sorprendió, pero Shane tenía razón: era tan culpable como él.

–Yo no, nunca. Por eso he supuesto que tenías que ser tú.

–En realidad, soy bastante distante.

–Seguro.

–Pregunta a cualquiera. Pregúntale a Tuck.

–Lo haré.

Era mentira, ya que no esperaba volver a ver a Tuck.

–No has salido con él, ¿verdad?

–Nunca –respondió ella soltando una carcajada por la sorpresa.

–Porque sería un poco violento, ya que somos buenos amigos.

Darci no supo qué decirle.

–Y no puedes salir con la ex de tu mejor amigo –prosiguió él.

–¿Debo recordarte que acabamos de conocernos y que no estamos saliendo?

–Pues debiéramos hacerlo.

–Has perdido el juicio –dijo Darci. Suponía que era una estrategia de flirteo bien ensayada.

–¿Qué vas a hacer el viernes?

–Trabajo.

–Me refiero al viernes por la noche.

–Trabajar también. Tengo mi propia empresa y ahora estoy muy ocupada.

También tenía un trabajo secreto en su compañía, un misterio que resolver y una venganza que llevar a cabo. Aunque Shane fuera guapo y encantador, era impensable salir con él.

–Tómate un descanso.

–Tengo clientes y plazos de entrega.

–Podemos ir a cenar o ir al teatro, o las dos cosas.

–¿No entiendes que te he dicho que no?

–¿Y tú no entiendes que no voy a darme por vencido?

–No voy a salir contigo, Shane.

–¿Tienes novio?

–No –se arrepintió de haberlo dicho, ya que un novio hubiera sido la excusa perfecta para no volver a verlo.

–¿Y un paseo por el parque? ¿Ir al festival de jazz? Espera, ¿un paseo en barco?

–Basta, Shane.

–O podíamos citarnos aquí mismo. Los jardines son preciosos. Podríamos cenar en la terraza y elegir una buena botella de vino de la bodega, ahora que ya sabes cuál te gusta.

Darci pensó que si volvía a la mansión, sobre todo si bajaban a la bodega, tendría otra oportunidad de fisgonear.

Una voz masculina los interrumpió.

–¿Por qué acaparas a Darci?

–Hola, Tuck –dijo Shane.

Darci volvió la cabeza, sorprendida de que la recordara.

–Voy a bailar con ella.

–No.

–Claro que sí.

–¿No me habías dicho que no habías salido con él? –preguntó Shane a Darci.

–Y no lo he hecho –repuso ella con voz ahogada temiendo que algo malo fuera a suceder.

–Petra no deja de perseguirme –dijo Tuck–. Necesito una pareja de baile.

–Búscate a otra.

–¿Tienes algún problema?

–Si estás interesado en ella, debieras haberlo dicho antes.

–Oye, yo… –intervino Darci.

–¿Antes de ahora? –preguntó Tuck, atónito. ¿Cuándo?

–No sé –contestó Shane–. Durante los meses, o tal vez años, que hace que la conoces.

Darci deseó que se la tragara la tierra.

–¿Shane? – dijo una voz femenina.

–Parece que Madeline te necesita –observó Tuck, que le arrebató a Darci de los brazos y se la llevó bailando.

Darci sintió dejar a Shane y también se dio cuenta de que había perdido la oportunidad de volver a la mansión. Debiera haber aceptado la invitación en cuanto él se la había hecho.

–Lo siento –dijo Tuck–, pero Petra es una mujer muy resuelta.

–Tú pareces un hombre muy resuelto.

–Shane también –dijo Tuck riéndose–. Por cierto, ¿por qué cree que estoy saliendo contigo?

–Es culpa mía –afirmó ella poniéndose colorada–. Te he mencionado antes y él no me ha entendido bien. Debiera haberle sacado de su error.

–No, es más divertido así. Me gusta meterle en líos. Se pasó la mayor parte de nuestra adolescencia metiéndome él a mí. Éramos jóvenes ricos, con coches rápidos e íbamos a las mejores discotecas, pero él era más guapo.

–Tú tampoco estás nada mal.

–No busco que me halagues –dijo él riendo–. Cada vez que conocía a una chica, Shane se ponía a flirtear con ella.

–Eso no está bien.

–Se le pasó. Supongo que las estaba sometiendo a prueba para ver si yo les gustaba de verdad o estaban dispuestas a irse con cualquier chico rico.

–¿Todas elegían a Shane?

–Todas menos Roberta Wilson, cuando íbamos al instituto. No le prestó atención. Estuve saliendo con ella seis meses, pero se terminó. Ella fue a otra universidad y nuestro estilo de vida sin preocupaciones acabó bruscamente cuando Shane perdió a sus padres.

–Parece que Shane tiene instinto protector –observó ella.

–Y es muy leal. Pero háblame de ti. Me parece que me van hacer preguntas cuando te vayas.

A Darci no le hacía gracia continuar con su estratagema con Tuck, que no tenía nada que ver. Pero, ¿qué importaban unas cuantas mentiras más? Ya estaba metida hasta el cuello en aquello.

–¿Qué quieres saber?

–¿De dónde eres? ¿A qué te dedicas?

–Soy de Chicago y estudié en la universidad de Columbia. Tengo una empresa que se dedica básicamente a diseñar páginas web.

–Es una industria en expansión.

–Hasta el momento, me va bien.

–Tal vez te contrate.

–Ya tengo lista de espera. Cuéntame algo más de ti.

–Buena idea, porque es probable que Shane también te haga preguntas sobre mí.

Darci lo dudaba. Volvió a reprocharse haber perdido la oportunidad de volver a la mansión.

–Soy el segundo hijo de Jamison Tucker, hijo único de Randal Tucker, fundador de Tucker Transportation. Soy el vicepresidente de la empresa. Dixon, mi hermano mayor, será el próximo presidente.

–¿Y eso te molesta?

–¿Que él esté en la cumbre y yo no? En absoluto. Así tendré más tiempo para holgazanear.

–Seguro, como si ser vicepresidente fuera un trabajo fácil.

–Lo es si…

–Se acabó –Shane estaba frente a ellos y miraba a Tuck con cara de pocos amigos.

–Parece que he terminado –dijo este soltándola–. Gracias por el baile, Darci.

–Gracias a ti –respondió ella, sorprendida de que Shane hubiera vuelto a buscarla.

Él la tomó con fuerza en sus brazos.

–¿Te has divertido? –preguntó él en tono cortante.

–Sí.

–¿Te gusta Tuck?

–Es muy agradable –aquello era ridículo–. Ya basta.

–¿De qué?

–De comportarte como si te hubiera traicionado por haber bailado con Tuck. No puedes reclamar derechos de propiedad a una mujer a la que hace dos horas que conoces.

Él se quedó callado, pero pareció relajarse. La atrajo hacia sí y volvió a apoyar la mejilla en su cabello.

–Entonces, ¿el viernes por la noche?

–¿En la terraza? ¿Con una botella de buen vino?

–Desde luego.

–De acuerdo. Tenemos una cita.

–Tenemos una cita –repitió él con voz profunda y sexy.

Ella tragó saliva y se le contrajo el estómago de inquietud. Pero tenía que llegar hasta el final.

–Vuelve a explicármelo –dijo Jennifer.

–Es la mejor, probablemente la única forma de volver a entrar en la casa –dijo Darci desde el tercer peldaño de una escalera de mano, mientras clavaba un clavo en la pared para colgar un cuadro. No tenía intención de volver a repetirle los detalles del baile con Shane.

–Así que tienes una cita con Shane Colborn.

–Finjo tenerla.

–Sí, pero el no sabrá que finges.

–Ahí está la gracia de fingir –respondió su amiga bajando de la escalera. ¿Qué colgamos aquí: las orquídeas o los rascacielos?

–Las orquídeas. Pero, ¿te atrae Shane?

–Es fácil sentirse atraída por él –Darci agarró la cinta métrica y el nivel. Había que ser precisos para colgar los cinco cuadros abstractos de orquídeas.

–¿Y no crees que eso es peligroso?

–Lo que digo es que puedo hacerlo sin implicarme emocionalmente.

Era probable que él la besara. De hecho, estaba segura de que lo haría. No importaba. ¿Qué era un beso?

–¿Y si no puedes?

–Si se te ocurre algo mejor, soy toda oídos –dijo Darci mientras tomaba una medida y ponía el nivel en la pared.

–¿Has examinado ya todos los archivos de Colborn Aerospace?

–Todavía no. En los ordenadores no están los registros antiguos. Y muchos solo están en papel. Me llevará cierto tiempo.

–Tal vez debieras acabar primero allí. Parece mucho más seguro.

–Lo haré a la vez. No voy a pasarme toda la vida con eso –afirmó Darci mientras hacía una marca en la pared–. ¿Qué es lo que te preocupa?

–Que te descubran.

Darci volvió a subirse a la escalera, con el martillo y otro clavo en la mano. Reconocía que corría el riesgo de que la descubrieran. No tenía experiencia en esas cosas.

–No creo que sea un delito grave –apuntó dando martillazos–. No voy a llevarme nada valioso. Incluso lo devolveré cuando haya demostrado lo que pretendo.

–Si tienes razón, esos planos te proporcionarían millones de dólares.

–No se trata de dinero.

–Puede que no para ti, pero seguro que sí para Shane Colborn, ya que perdería mucho. ¿Qué crees que haría un hombre así para proteger millones de dólares?

–¿Crees que me encerraría o que contrataría a un asesino a sueldo? –preguntó Darci riendo.

–A un asesino se le contrata por mucho menos. Has visto muchas películas de suspense. En fin… Dime que no has llamado hoy a Ashton.

–No lo he llamado –contestó Jennifer, pero había un sentimiento de culpa en su voz.

Darci se volvió lentamente y la miró con incredulidad.

–Mientes.

–Te juro que no he hablado con él.

–Pero lo intentaste y no conseguiste comunicarte con él.

–Me saltó el contestador.

–No le dejarías un mensaje, ¿verdad?

–No le dejé un mensaje.

–¿Pero?

–Puede que respirara durante cinco segundos, pero colgué sin decir nada.

–Verá tu número.

–Lo he bloqueado.

–¿Para poder llamarlo?

–Tal vez.

–Voy a tener que empezar contigo un programa de doce pasos.

–Hablas mucho para alguien que se ha embarcado en una vida de delincuencia.

–Mi vida de delincuente tendrá un resultado positivo. Llamando a Ashton lo único que vas a hacer es complicarte la tuya.

–Ojala pudiera decirte que te equivocas –Jennifer agarró uno de los cuadros y se lo dio a Darci. Esta lo colocó en la pared.

–¿Qué te parece? –preguntó Darci.

–Perfecto –contestó Jennifer tras haber retrocedido unos pasos.

Darci procedió a colgar otro. Después, bajó de la escalera para ver cómo quedaban.

–Me parece que la separación entre ambos está bien –comentó Jennifer.

–Me han entrado ganas de tomarme un helado.

–No tenemos helados. Pero tengo una caja de bombones de almendra.

Mientra su amiga iba a por ella, Darci tomó medidas para colgar el siguiente cuadro.

–¿Qué vais a hacer cuando os veáis Shane y tú? –preguntó Jennifer desde la cocina.

–Cenaremos en la terraza. Mi plan, de momento, es conseguir que bajemos a la bodega, fingir que tengo que ir al servicio y echar una ojeada al sótano.

–¿Y si va a buscarte?

–Fingiré que me he perdido.

–Puede que funcione –apuntó Jennifer.

Al volver de la cocina, tomó el mando a distancia y encendió el televisor. Estaban dando las noticias.

–Tal vez sospeche algo, pero no va a adivinar la verdad –apuntó Darci.

–Tal vez crea que eres periodista y que vas a escribir chismes sobre él. No serías las primera. Mira –Jennifer señaló el televisor y Darci se volvió–, Bianca Corvington acaba de publicar un libro.

–¿Quién es Bianca Corvington?

–Una escritora guapa y famosa, supongo.

Una joven rubia aparecía en la pantalla sentada frente a Berkley Nash, un periodista de triste fama. La cámara enfocó un libro, con la portada de color fucsia, titulado *Shane Colborn: Bajo la máscara.*

–Me pregunto si será elogioso –dijo Darci mientras aparecía una foto de Shane en la pantalla. Se quedó sin aliento. Era tan guapo…

–En el libro aparecen escandalosas acusaciones –dijo Berkley.

–Creo que los lectores se sorprenderán al descubrir el lado oscuro de Shane Colborn –contestó Bianca riéndose.

–¿El lado oscuro? –repitió Jennifer.

–Creo que exagera para ganar audiencia.

–Vas a ir a la mansión sola.

–No pasará nada. No es el conde Drácula –Darci no tenía miedo, solo le preocupaba que pudiera haber averiguado su verdadera identidad–. Además, yo también tengo un lado oscuro, ya que voy a espiarlo.

–Es despiadado –prosiguió Bianca–. Y totalmente narcisista.

Darci pensó que debiera leer el libro de Bianca antes del viernes para saber a lo que iba a enfrentarse.

Sentado a una mesa en un rincón del bar Daelan's, Shane sintió las miradas de los clientes, que iban del televisor a él y de nuevo al televisor.

–Es lo que esperábamos –dijo Justin cuando se cambió de tema en el telediario.

–Es muy guapa –observó Tuck. Dio un trago de cerveza de la jarra que tenía en la mano.

Shane tenía una hamburguesa con patatas frente a él. Unos minutos antes, se moría de hambre. Pero se le habían quitado las ganas de comer.

–Esto continuará durante cierto tiempo –afirmó.

–Parece que a Bianca le gusta ser el centro de atención –dijo Justin.

–¿Ha merecido la pena? –preguntó Tuck.

–Ni de lejos –respondió Shane.

La relación con Bianca había sido divertida. Ella estaba de acuerdo con todo lo que él le sugería, pero Shane se dio cuenta *a posteriori* de que se limitaba a seguirle el juego.

–Tiene que haber alguna forma de defenderse.

Había llegado a la conclusión de que Justin tenía razón. No importaba lo que ella dijera de su vida sexual, pero sus acusaciones de malas prácticas industriales podían hacer daño a Colborn Aerospace.

–Sería añadir leña al fuego –afirmó Justin.

–Bianca es una inmoral –dijo Shane.

–Creo que estamos todos de acuerdo –apuntó al tiempo que alzaba la jarra.

Brindaron y dieron un trago de cerveza.

–¿Qué pasó con Darci? –preguntó Tuck.

–No se te ocurra acercarte a ella –le advirtió Shane.

–¿Quién es Darci? –preguntó Justin.

–La antiBianca –contestó Shane.

–¿Salva a huérfanos y da de comer a los pobres?

–He conseguido una cita con ella.

–¿Una cita? –Justin pareció, de repente, muy interesado.

–Tú la conoces –dijo Shane dirigiéndose a Tuck–. ¿Cómo es?

–Es de Chicago y fue a la universidad de Columbia. Por lo que sé, es buena chica. Tiene una empresa propia de diseño de páginas web.

–Tienes que estar un tiempo sin salir con una mujer –apuntó Justin.

–Tranquilo. Vamos a cenar en la mansión. Ni multitudes, ni cámaras: solo nosotros dos.

Shane se sintió emocionado al pensar en la cita del viernes. Darci parecía tan espontánea y genuina… Era buena señal que hubiera preferido la intimidad de la mansión a ir al teatro o a un restaurante de moda, porque eso le había recordado que no todas las mujeres se fijaban en su riqueza y su posición social. A veces, simplemente querían conocerlo.

Capítulo Cuatro

–¿Has leído el libro? –preguntó Shane mientras volvía a llenar las copas de vino.

–Por supuesto –respondió Darci.

Por fin se había acabado la botella que habían abierto para cenar, por lo que tal vez tuviera la posibilidad de bajar a la bodega.

–Pues lamento que lo hayas hecho, ya que no me hace justicia y se aleja mucho de la verdad.

A Darci no le extrañó que estuviera molesto por el libro. Fueran verdad o mentira, a ella no le gustaría que se publicaran esos detalles sobre ella.

–¿Qué partes son mentira?

–Sería más rápido decirte cuáles son verdad.

–Adelante –Darci se llevó la copa a los labios. Estaba un poco mareada, pero no podía proponerle bajar a la bodega hasta que no hubiera terminado esa copa.

–Me llamo Shane Colborn.

–¿Qué más es verdad?

–La marca y el modelo de mi coche. Pasamos un fin de semana en Aspen. Pero en su visita a Colborn Aerospace llegó hasta la sala de juntas y no… –Shane se interrumpió para tomar un sorbo de vino. Darci se contuvo para no reírse.

–Ni siquiera nos acercamos a mi cuarto de baño privado, por lo que no tuvimos sexo allí.

–No te juzgo.

–Y, por supuesto, nunca hablé de mis clientes ni de mis negocios con ella. Tampoco lo hubiera entendido.

–Entonces, ¿cómo está en el libro?

–Parte de la información es pública y parte se la ha inventado. Supongo que un experto ha colaborado con ella para darle visos de credibilidad.

–¿Y han descubierto que estaban robando propiedad intelectual?

–Eso es completamente falso. Lo que digo es que alguien la ha ayudado a que las mentiras parezcan creíbles.

–Pues parece mucho trabajo –Darci se preguntó si Shane habría heredado la capacidad de engañar de su padre. Al ver que él entrecerraba los ojos, se dio cuenta de que debía hacer mejor su papel y de que no era el momento de acusarlo de falta de honradez.

–Me refiero a que no me parece que sea una mujer dispuesta a realizar complicados análisis e investigaciones para lograr sus objetivos.

–Así es. Alguien más ha debido de mover los hilos. Aparentemente, estamos ante la venganza de una mujer por dinero, pero podría ser que alguien la haya utilizado contra mí y Colborn Aerospace. La empresa está negociando importantes contratos. Podría tratarse de un competidor.

–¿Eso crees?

–Tiene que ser una cosa o la otra. ¿Cuál es tu teoría?

–No tengo ninguna.

–Pues invéntate una.

–Tal vez estés mintiendo y lo que dice ella sea verdad.

–Podrías acostarte conmigo y averiguarlo.

–No era esa la parte… –ella se refería a la parte industrial, no a la sexual–. Estás de broma.

–¿Te gustaría que me pusiera en plan poético? –a Shane le brillaban los ojos–. Nunca he citado a Lord Byron, pero puedo intentarlo.

Ella apuró la copa y esbozó lo que esperaba que fuera una sonrisa enigmática.

–¿Y si abrimos otra botella?

–Pediré que nos la traigan.

–Preferiría bajar a echar un vistazo.

–No es necesario –dijo él confuso.

–La vez anterior fue divertido. Y así aprenderé algo más sobre vinos.

–De acuerdo, como quieras.

–Eres muy complaciente.

–A pesar de lo que Bianca le ha contado al mundo, soy un tipo maravilloso.

–Reconozco que tienes una excelente bodega –dijo ella levantándose– y unos modales impecables, y que esta casa es maravillosa.

–Es cuestión de dinero –dijo él mientras entraban en el edificio.

–Tienes mucho dinero.

–A veces, es molesto.

–¿Te refieres a que preferirías que la gente te valorara por lo que eres?

–Es lo que le gustaría a todo el mundo.

–Entonces, ¿por qué me invitas a cenar en una mansión con dos docenas de personas trabajando en ella?

–Para impresionarte.

–Me parece que no puedes tener las dos cosas: tener dinero y querer que te valoren por lo que eres.

–Normalmente, sí.

–Hasta que apareció Bianca.

–Estoy harto de hablar de ella. A Bianca solo le interesaba el dinero. Y ahora quiero lo contrario: conocer a alguien a quien no le importe el dinero.

–Te será difícil conocer a una mujer que no sepa que eres rico. Ya eras famoso, pero ahora lo eres el doble.

Llegaron a la escalera del sótano.

–¿Crees que leerá el libro mucha gente? –preguntó él.

–Me temo que sí.

Shane maldijo en voz baja y, durante unos segundos, ella lo compadeció.

–Hay algo que no funciona –dijo mientras bajaban por la escalera– cuando alguien puede decir o hacer algo que destruye la reputación de otra persona y esta se ve indefensa.

–Desde luego –dijo ella mientras se preguntaba si Shane sabía que su padre había arruinado la reputación y la vida del suyo.

Llegaron a la puerta de la bodega. Él se agachó, abrió un discreto panel en el extremo inferior de la misma y sacó la llave.

–Creí que la llevabas contigo.

–La saqué para la fiesta. No quiero que una docena de invitados sepa dónde encontrarla.

–Me honra que… –se detuvo antes de decir «confíes en mí». Se sintió culpable, ya que no se podía confiar en ella.

Shane abrió la puerta y encendió la luz.

–¿Cómo te orientas entre tantas botellas? –preguntó Darci con genuina curiosidad.

–Están ordenadas por continentes y países; después, por regiones y variedades de uva. Y suelen ir de las más baratas a las más caras.

–Entonces, ¿las más caras son las que están más arriba?

–Cuanto más altas, mejor –avanzó unos pasos–. Estas son de la región de Burdeos, en Francia. La mayoría son de uva *cabernet sauvignon*. Las de la izquierda están mezcladas con *merlot*. ¿Te ha gustado la que nos acabamos de tomar?

–Me ha encantado.

–Entonces, tal vez… –levantó el brazo para agarrar una botella.

–¿Sigues tratando de impresionarme?

–¿Lo estoy consiguiendo? –él se volvió a mirarla con una sonrisa cálida y ella se quedó sin respiración. Había un brillo sensual en sus ojos. Era alto, fuerte, guapo y sexy. También, inteligente, divertido y con clase.

Si no lo hubiera estado espiando, probablemente se habría lanzado a sus brazos. Pero recordó su misión.

–¿Hay un servicio aquí abajo? –se obligó a preguntar.

–Tienes que volver por donde hemos venido. ¿Quieres que te lo enseñe?

–No hace falta.

–Es la puerta que hay pasada la escalera. Mientras tanto, voy a buscar un buen vino.

–Gracias –dijo ella dirigiéndose a la puerta.

En cuanto estuvo fuera de la vista de Shane, fue abriendo todas las puertas que le salieron al paso y mirando en su interior. El sótano era demasiado grande para inspeccionarlo en cinco minutos. Necesitaría más de una visita para hacerlo, lo que implicaba más de una cita. Tendría que conseguir que Shane volviera a invitarla. Debería fingir que la interesaba, incluso tendría que besarlo. Se estremeció de excitación al pensarlo.

Se dijo que debía calmarse, se detuvo ante otra puerta y agarró el picaporte.

Unos frenéticos ladridos sobresaltaron a Shane, que estuvo a punto de tirar la botella de *chateau cauchon* de 1990. Salió corriendo al pasillo.

–¡Gus! ¡Boomer! –gritó–. A callar. Sentaos.

Los ladridos se detuvieron instantáneamente.

Darci estaba contra la pared y los dos terranovas se hallaban sentados frente a ella, aterrorizada.

–No te harán daño –le aseguró Shane–. Venid aquí.

Los dos animales se le acercaron.

–Tumbaos –les ordenó.

–¿Cómo han…? –observó que la puerta del patio estaba abierta. Miró a Darci, perplejo–. ¿Por qué los has dejado entrar?

–Yo… –tragó saliva. Estaba blanca como la cera. Él la abrazó por instinto.

–No pasa nada. Siento que te hayan asustado.

–Me he equivocado de puerta. Han entrado disparados.

Shane, aunque no debiera, notó el cálido cuerpo de ella contra el suyo, la curva de sus muslos y la suavidad de sus senos. Olía a flores silvestres y la estrechó entre sus brazos aún más.

–Son amistosos, siempre que no vayas a robar algo.

Darci se quedó sin aliento.

–¿Qué te pasa? –preguntó él.

–No me conocen. Podrían haberme confundido con una ladrona –la voz le tembló ligeramente.

–Te los voy a presentar.

–¡No!

–¿Te dan miedo los perros?

–Más o menos. Bueno, sí. Sobre todo los grandes. Y estos son enormes.

–Los terranova son muy afectuosos. Creo que voy a tener que curarte.

–No vas a hacerlo porque he sido así toda la vida.

–¿Qué te ocurrió?

–Nada.

–No puede ser. Los seres humanos se sienten atraídos de forma natural por los animales. Si les tienes miedo, tiene que haber una razón. Cuéntamela.

–Me da vergüenza –Darci se dio cuenta de que estaba en sus brazos y se separó de él.

–Si te sirvo un poco más de vino, ¿me lo contarás?

Se produjo otro silencio. Él esperó.

–Fue un sueño.

–¿Sueñas con perros malvados?

–Cuando era una niña, había un enorme mastín negro encerrado detrás del edificio en el que vivía. Los niños jugábamos en la parte trasera, y yo tenía miedo de que saltara la verja y me atrapara.

–¿Le contaste a alguien que tenías miedo?

–No. A ningún otro niño parecía importarle. Así que fingí ser valiente yo también.

–¿Y te producía pesadillas?

–Constantemente. ¿Nos tomamos una copa de vino?

–Tenemos que pasar por delante de los perros –afirmó él sonriendo–. Pero te protegeré.

–¿Tengo que pasar a su lado para ir al servicio? Debo ir forzosamente.

–Debieras conocer a los perros. Te prometo que te caerán bien. El servicio está allí –dijo señalándoselo con la mano–. Los perros y yo esperaremos.

–¡Qué malo eres!

–Es por tu bien.

–Pero es que no he venido aquí por mi bien.

–Me alegro de que hayas venido –afirmó él al tiempo que le acariciaba la mejilla y sentía crecer la compasión en su interior–. No voy a presionarte. Sacaré a los perros.

–No, está bien –Darci respiró hondo–. Quiero conocerlos. ¿Me protegerás?

–Te lo prometo –afirmó él, emocionado. De pronto, le pareció delicada y vulnerable. La necesidad de acariciarla se le hizo insoportable; la de besarla, aún más. Trató de resistirse, pero le sostuvo la cara con la mano mientras las pupilas de los verdes ojos femeninos se dilataban. El deseo lo impulsaba a continuar.

Y cedió. Inclinó la cabeza y posó sus labios en los de ella con precaución. Pero ella le devolvió el beso. Sus labios eran deliciosos. Con la otra mano, la atrajo hacia sí mientras maldecía la botella de vino que tenía en ella, que lo impedía abrazarla como era debido. Se besaron larga y profundamente mientras ella le rodeaba el cuello con los brazos y él la empujaba hasta apoyarla en la pared y pegar su cuerpo al de ella.

Shane le introdujo la lengua y Darci le salió al encuentro. Los dedos masculinos se introdujeron en la melena de ella. Shane se dio cuenta de que estaba perdiendo el control. La deseaba hasta un punto al que posiblemente ella no estaría dispuesta a llegar. Debía detenerse. No iba a cometer el mismo error de la semana anterior y a asustarla.

Sacó los dedos de su cabello y se separó lentamente de sus labios. Respiró hondo un par de veces y aflojó la presión de su brazo en la espalda.

Darci tenía los ojos luminosos, las mejillas sofocadas y los labios brillantes. Su dulce aliento le rozó el rostro, y él creyó que no podría separarse de ella.

—Esa es la puerta del servicio —consiguió decir en voz baja.

Ella tardó unos segundos en responder con voz entrecortada.

—Sí, gracias.

—¿Quieres que saque a los perros?

—Sí. No. No sé. De acuerdo, voy a conocerlos.

Ella retrocedió unos pasos sin dejar de mirarlo, dio media vuelta y entró en el servicio.

Shane se apoyó en la pared, tambaleándose. Había sido el beso más increíble de su vida. Estaba asombrado por la intensidad de su deseo. Darci era sexy y preciosa, pero también inteligente, resuelta y divertida, además de emotiva y vulnerable. Quería hacerle el amor desesperadamente, pero también conocerla.

La puerta del servicio se abrió y ella salió. Él se irguió para recibirla.

—Estoy lista.

—Gus es el que está más cerca de la pared; el otro es Boomer.

—¿Cómo los distingues?

—Gus tiene la cara más cuadrada y las orejas más cortas.

–¿Me tomas el pelo? Son idénticos.

–Verás como no, cuando los conozcas.

–¿Cuánto pesan?

–Sesenta o sesenta y cinco kilos.

–Es más de lo que peso yo.

Él volvió a sentir el deseo de abrazarla. Para su gusto, ella tenía el tamaño y la forma perfectos: piernas largas, cintura estrecha, caderas redondeadas, pechos grandes y hermosos que se moría por acariciar.

–Tienen tres años. Ya han pasado la adolescencia, así que se han tranquilizado. Lo primero que debes hacer es dejar que te huelan la mano.

–¿No me morderán?

–No. Te olerán la mano y, después, puedes acariciarles la cabeza. A continuación nos tomaremos una copa de vino.

–¿Ya está?

–Ya está –Shane alzó la botella que tenía en la mano–. Es del estante superior. Considéralo una recompensa.

–¿Te inclinas por el método del refuerzo positivo? –preguntó ella esbozando una leve sonrisa.

–Si acaricias a un perro, ganas una copa de *chateau cauchon*. Seguro que puedes hacerlo.

Los perros se sentaron cuando ellos se les acercaron.

–Estoy aterrorizada.

–Pues resultas muy graciosa. Extiende la mano con la palma hacia arriba.

Ella lo hizo, temblando levemente. Él le pasó

el brazo por los hombros. Gus se inclinó y la olió. Boomer fue detrás.

–Ráscale la cabeza.

Darci tardó unos segundos en extender la mano. Boomer ladeó la cabeza para mirarla. Sus dedos le tocaron la cabeza y se la rascaron. El perro parpadeó extasiado. Gus lo empujó para hacerse sitio y Darci lo acarició también.

–Ya está –dijo Shane.

–He sobrevivido –dijo ella al tiempo que sentía que la tensión la abandonaba.

–Ahora podrás tomarte una copa de vino.

Shane llevó a Darci al saloncito del segundo piso, que a ella le resultó mucho más acogedor que el resto de la mansión.

–Qué agradable –dijo mientras se sentaba en un sillón.

–Es mi habitación preferida –apuntó él al tiempo que se quitaba la chaqueta y se sentaba en el otro sillón. Dejó la botella y las copas en una mesita redonda entre ambos. Sirvió el vino y alzó la copa.

–Por tu valor.

–Querrás decir por mi miedo irracional –le corrigió ella alzando la suya.

–Todos los miedos, aunque sean irracionales, tienen una causa lógica.

–Eres muy generoso –observó ella mientras chocaba su copa con la de él.

Él sonrió y dio un sorbo. Ella lo imitó.

–¿Qué te parece?

–Muy bueno.

–1990 fue un año muy bueno en Burdeos.

–Muy bien –dijo ella dando otro sorbo–. Con un refuerzo positivo como este, estoy pensando en comprarme un cachorro.

–Ojalá fuera así de fácil –comentó él riéndose.

De pronto, Darci se sintió avergonzada de lo que le había contado.

–No era mi intención hablarte de mi fobia.

–No te preocupes. La mayoría de los niños tienen pesadillas y miedos irracionales. Casi ninguno de nosotros los superamos.

–¿De nosotros?

–Yo también fui niño.

–Pero no me das la impresión de ser un tipo con miedo.

–Todos los niños se asustan. Yo también.

–Menos mal –Darci se dio cuenta de lo inadecuado de lo que acababa de decir–. Me refiero a que es una pena. Vale. lo que realmente quiero decir es que lo sueltes de una vez, Shane.

–Me caes bien, Darci.

No era lo que ella pretendía. Pero sus palabras la emocionaron. Ella quería que él le cayera bien, sobre todo después de aquel beso increíble. Pero no se atrevía. No podía consentir que sus emociones complicaran la situación.

–¿Estás ganando tiempo?

–Sí.

–Pues dilo de una vez.

–Muy bien –Shane dejó la copa–. Me da miedo el dinero.

–No me creo que te asuste la riqueza –aquello no tenía pies ni cabeza.

–Me asusta lo que implica ser rico. A los ocho años, oí sin querer la conversación entre mi padre y otra persona, no recuerdo quién era, sobre la posibilidad de que me secuestraran y de que hubiera que pagar un rescate. Me impactó mucho. Me veía atado, amordazado y arrojado al maletero de un coche.

–Eso debe de ser aterrador para un niño –dijo ella, conmovida–. ¿Se lo contaste a alguien?

–A nadie. Hasta ahora.

–Gracias, pero lo tuyo no es ni de lejos una fobia.

–Pero sigue influyendo en mi vida.

–No vas por la ciudad con miedo de cada hombre o cada coche que se te acerca.

–Cierto, pero estoy rodeado de medidas de seguridad. Y soy muy consciente de los peligros de la riqueza. No todo son mansiones y caviar. Mira la situación en que me hallo a causa de Bianca.

–Con el debido respeto, Shane, ¿te preocupa que las solteras más codiciadas crean que citas a Lord Byron entre sábanas de seda?

–Me preocupa –contestó él con el ceño fruncido– que mis clientes anulen contratos multimillonarios.

–Y que disminuyan tus beneficios.

–Y también –él endureció el tono– no saber quién es mi amigo y quién va a traicionarme.

Durante unos horribles segundos, Darci creyó que la había descubierto. Le asaltó el sentimiento de culpa. Tenía la garganta seca y agarró la copa, lo cual hizo que se sintiera peor. Él compartía con ella aquel excelente vino, la había invitado a su casa y se había mostrado compasivo y comprensivo, mientras que ella no se comportaba de manera limpia. Y para colmo, lo dejaba en ridículo.

–Lo siento –dijo en voz baja.

–Puedes pensar lo que te parezca.

–Ha sido una falta de consideración. No pretendía sugerir que no tengas problemas.

–No quiero pelearme contigo, Darci.

–Yo tampoco –y era verdad. Lo que quería era abrazarlo y besarlo, y que él la envolviera de nuevo en sus poderosos brazos. Aquello no iba bien.

–Háblame de tus medidas de seguridad –dijo ella buscando un tema de conversación seguro.

–Para mantener mis pesadillas a raya, tengo un sistema de alarma aquí y otro en mi casa. La mansión tienes cámaras exteriores, detectores de movimiento y alarmas alrededor del perímetro de la propiedad, todo ello controlado desde paneles ocultos.

»El sistema se activa y se desactiva desde el vestíbulo de entrada, la despensa, el sótano y el dormitorio principal. Puedo enseñarte este último cuando quieras.

–Sabes que eso no va a pasar –dijo ella esforzándose por contener la risa. Sabía que no podía acercarse ni esa noche ni ninguna otra al dormitorio de Shane.

–Tengo a unos hombres que patrullan por el vecindario. Los perros, sin embargo, son más para aparentar que otra cosa.

–Pues conmigo han funcionado.

–En el ático en el que vivo –prosiguió él– está el sistema de alarma y hay un guarda en el vestíbulo del edificio ¿Tienes tú un sistema de alarma en tu casa?

–No, no tenemos.

–¿Quiénes?

–No vivo sola.

–¿Es un amor platónico?

–Sí, se llama Jennifer. No salgo con nadie, Shane –ya habían hablado de eso la semana anterior.

No sabía qué más decirle. No podía jurarle que nunca le mentiría, porque ya lo había hecho descaradamente, además de por omisión.

–¿Quieres venir aquí? –preguntó él con voz suave–. No intento presionarte. Es solo que…

Una oleada de deseo invadió a Darci. Reconoció el peligro, pero la tentación era tan grande…

–Nadie se quita la ropa, y no hacemos nada por debajo de la cintura –su voz era profunda y sexy.

–¿Te atendrás a esas reglas?

–Lo haré si lo haces tú.

–Lo haré –ella no tenía otra opción.

–Ven aquí –dijo él sonriendo.

Ella se levantó con el corazón latiéndole a toda

velocidad. Dio tres pasos y se plantó frente a él. Shane la tomó de la mano y se la sentó en el regazo. Los muslos y el pecho masculinos eran firmes. Él la rodeó con el brazo para que se le apoyara en el pecho y en el hombro.

–Esto es un error –dijo ella.

–No, es lo más inteligente que he hecho en mi vida –la besó con suavidad en el nacimiento del cabello.

Ella se dijo que solo sería un beso. Habían acordado no ir más allá. Alzó la barbilla ofreciéndole los labios. Él aceptó la invitación de inmediato y sus bocas se unieron. Ella arqueó la espalda y él la abrazó con ambos brazos.

Darci deslizó las manos por su cuerpo y sintió su calor a través del vestido, la dureza del estómago, los pectorales bien definidos, la anchura de los hombros. Llegó a la corbata y jugueteó con el nudo.

Él murmuró su nombre y sus besos fueron descendiendo desde el cuello hasta el hombro, donde le apartó la tela del vestido y el tirante del sujetador. Ella lo besó en el cuello, el lóbulo de la oreja y la mejilla para volver a unirse a su boca, y comenzó a oír campanas en su cabeza. Después se dio cuenta de que eran reales.

Era el teléfono móvil de Shane el que sonaba. Él masculló una maldición y lo agarró.

–Es mi abogado.

–Contesta.

Ella respiraba con dificultad y sentía cosquillas

en la piel. Todo su cuerpo latía de deseo insatisfecho.

–Hola, Justin –dijo Shane con voz templada, como si los besos no le hubieran afectado.

–¡Maldita sea! –exclamó bruscamente.

Darci se dio cuenta de que tenía que levantarse. Debiera estar agradecida por la interrupción. Tenía que irse inmediatamente. Trató de ponerse de pie, pero él la agarró con más fuerza.

–Espera un momento –dijo Shane a la persona con la que hablaba–. No te vayas –le susurró a ella.

–Tengo que irme. No podemos, Shane.

–No lo haremos.

–Estábamos a punto.

–Ahora te llamo –Shane pulsó la tecla de final de llamada y lanzó el móvil a la mesa.

–Tengo que irme –repitió ella. Esa vez, él la soltó–. Lo siento mucho…

–Tengo que irme a Francia mañana por la mañana –anunció él–. Es por ese estúpido libro de Bianca. Una empresa alemana ha anulado un importante contrato, y ahora una francesa se lo está pensando. Lo siento, pero…

–No pasa nada. Lo entiendo, es tu trabajo.

–Tienes que volver.

–No sé –tenía que seguir buscando los dibujos de su padre, pero no podía arriesgarse a que se repitiera lo que acababa de suceder.

–El sábado que viene, a la luz del día. Haremos algo con los perros.

–Ojalá pudiera explicarte…

–No tienes que explicarme nada –Shane se levantó y agarró el teléfono–. Solo di que sí.

Ella debía negarse, porque no se fiaba de sí misma en presencia de Shane. Pero si lo hacía, todos sus esfuerzos habrían sido una pérdida de tiempo.

–De acuerdo.

Lo intentaría una vez más, pero no se quedaría a solas con él ni un segundo.

Capítulo Cinco

Era cerca de medianoche cuando Darci entró en su piso. Dejó el bolso en una mesa y se quitó los zapatos. Los efectos del vino comenzaban a desaparecer, al igual que su energía. Se sentía ridícula, débil, estúpida y vulnerable. Además, le dolía el estómago. Así que, en vez de ir a su habitación, subió la escalera para dirigirse a la de Jennifer.

–¿Estás despierta? –susurró Darci acercándose a la cama de su amiga, que se removió.

–Sí. ¿Cómo te ha ido? –Jennifer se sentó y apoyó la espalda en el cabecero.

–No muy bien –respondió Darci sentándose a los pies de la cama–. Mejor dicho, fatal. No he encontrado nada y… bueno…

–¿Qué has hecho, Darci?

–No lo que estás pensando, pero estuve a punto. Estoy segura de que lo hubiera hecho de no ser por el abogado de Shane.

–Es tarde y no estoy muy despierta, pero ¿de qué hablas?

–De sexo.

–Ya lo sé. Pero ¿en qué circunstancias? ¿Y con Shane Colborn?

–Es guapísimo. Aunque tal vez fuera el vino.

Nos tomamos una botella. Él abrió otra de un vino muy caro. Pero me besó y yo acabé en su regazo. Y fue…

—No puedes enamorarte de él.

—¿Crees que no lo sé?

—Tal vez Ashton no sea de fiar, pero Shane es tu enemigo.

—No es… —Darci hizo una mueca—. Tienes razón: es mi enemigo.

—¿Lo estás espiando?

—Lo intento.

—Ya has ido dos veces a esa mansión. ¿Has bajado al sótano? ¿Has encontrado algo?

—Me encontré con sus perros, enormes y ladradores. No he tenido casi tiempo de echar un vistazo. Ya sé en qué sitios no están los archivos, pero hay muchas habitaciones en el sótano. Voy a volver el fin de semana que viene.

—Volver no resolverá el problema. No te va a dejar sola en el sótano durante horas.

Jennifer tenía razón. Y entonces, ¿qué? ¿Debía darse por vencida?

—¿No podrías entrar cuando él no esté?

—No veo cómo. Tienes un complejo sistema de alarma y personal de seguridad. Y los perros. Y no soy una ladrona para allanar la casa de Shane, por muy nobles que sean mis motivos.

—Sí, supongo que sería demasiado, pero también lo es acostarte con él para que confíe en ti.

—No me iba a acostar con él por eso.

—Entonces, ¿por qué? Ya sabemos que necesitas

algo más que el hecho de que un tipo sea guapo y esté cachas.

Buena pregunta. ¿Qué le pasaba con Shane?

–En realidad, no lo sé. Es agradable, divertido, inteligente y considerado. Y huele de una manera difícil de describir. Se ríe cuando hay que reírse y le brillan los ojos de un modo que se diría que es capaz de ver lo que tienes en la cabeza.

–No sabe que lo espías.

–No, pero si cometo un leve desliz, parece receloso, como si supiera que hay algo más, pero, por la razón que sea, no quiere preguntármelo.

–¿Tal vez porque quiere llevarte a la cama?

–No es ningún secreto, pero respeta mi negativa.

–O finge respetarla. Fue su abogado quien os interrumpió, no él quien se detuvo.

–Shane tiene que irse a Francia mañana. Parece que estará varios días fuera.

–Es el momento ideal para cometer un robo.

–Si estuviera dispuesto a hacerlo.

–¿Y si no es allanamiento de morada? ¿Y si te invitan?

–Shane ya lo ha hecho.

–Cuando él no esté. ¿Y si los empleados te dejan entrar cuando no esté?

–¿Por qué iban a hacerlo? Además, le dirían que había estado allí.

–Por eso necesitas una buena excusa, como que has perdido algo y que quieres buscarlo, algo que tiene valor sentimental y que necesitas encontrar –Jeniffer tomó a Darci de la barbilla y la hizo girar la cabeza de un lado a otro–. Son ópalos.

–¿Los pendientes?

–Sí. Di que los has heredado de tu querida abuela, que los llevó el día de su boda y que has perdido uno… –Jeniffer soltó una carcajada.

–No he conocido a ninguna de mis dos abuelas.

–… en la bodega –Jeniffer siguió riéndose–. Y tienes que buscarlo porque no podrás dormir hasta haberlo encontrado.

–Eso es ridículo.

–No, es brillante.

–¿Y si Shane recuerda que llevaba los dos pendientes al marcharme?

–Es un hombre. No se acordará. Y si lo hace, le dices que lo perdiste en el piso, pero que creíste que lo habías perdido en la bodega. Es un plan brillante, ya que te permitirá estar mucho tiempo a solas en la bodega. Seguro que puedes hacerlo.

Darci reconoció que era así. Aunque la parecía que estaba mal, también era lógico, porque no podía fisgonear con Shane presente. Tenía que hacerlo cuando no estuviera.

Shane miró a Tuck con cara de pocos amigos. Se hallaban en el restaurante del Platinum Hotel, en París.

–Tendría que haberte dejado en Chicago y haber volado con una línea comercial.

–Tenías prisa –apuntó Tuck mientras echaba

sal a los huevos revueltos–. ¿De qué me sirve ser el dueño de una empresa de transportes si no puedo usarlo?

–No me esperaba un interrogatorio.

–Solo dije que te estabas distrayendo. Ella me parece una mujer muy agradable.

–Anoche estaba afectado por el desfase horario. Y he venido aquí a centrarme en los negocios, no en las mujeres.

–Te dije que no me parecía una mujer que se hubiera levantado contigo esta mañana.

–Y, de este modo, no lo ha hecho.

La reunión de esa tarde con Beaumont Air era vital para la salud financiera de Colborn Aerospace.

–Así estaré más centrado –a Shane no le importaba reconocer que, de momento, no le interesaba ninguna otra mujer que no fuera Darci.

–Estás distraído.

–Sí, por la reunión con Beaumont.

–No hablo de negocios, sino que sigo hablando de mujeres. ¿Te has acostado con Darci?

–No. ¿Qué te hace pensar eso?

–Pues que estuviste a punto de retarme en duelo por un baile. ¿Has vuelto a verla?

–¿Después de la fiesta?

–¿Por qué contestas a todas mis preguntas con otra? Has vuelto a verla –dijo Tuck sonriendo de mala gana.

–Sí.

–Pero no pasó nada.

–Yo no diría tanto.

Los ojos de Tuck se iluminaron con interés.

–Justin nos interrumpió para decirme que tenía que salir de la ciudad. Pero volveré a verla el próximo fin de semana.

–Parece una mujer estupenda.

–Tú ya tuviste tu oportunidad. ¿Cómo la conociste? –preguntó Shane mientras cortaba las tortitas.

–No tuve exactamente mi oportunidad. Y no recuerdo dónde la conocí, en algún evento social. Realmente no la conozco.

–Es una mujer práctica. Y tiene miedo a los perros. Gus y Boomer estuvieron a punto de provocarle un infarto.

–Se te dulcifica la voz cuando hablas de ella y se te ponen ojos de carnero.

–Vete a paseo.

Sonó el móvil de Tuck, que estaba sobre la mesa. Él lo miró.

–Dixon y Kassandra se separan.

–¿Qué? –Shane se echó hacia atrás, sorprendido.

–Es Dixon –dijo Tuck agarrando el teléfono.

A Shane le costaba trabajo creérselo. Dixon, el hermano mayor de Tuck, llevaba diez años felizmente casado.

–Hola, Dix. Estoy en París. He venido con Shane.

Shane se llevó un trozo de tortita a la boca mientras pensaba en las posibles causas de la ruptura.

–Desde luego –dijo Tuck–. No, es una excelente idea. Nos vemos allí.

–¿Qué ha pasado?

–Que volvió antes de lo previsto de un viaje de negocios y la pilló con otro tipo. Lo típico.

–¿Kassandra estaba con otro? –a Shane le resultaba difícil creerlo. La conocía hacía años, y adoraba a su esposo.

–Dixon viene a reunirse con nosotros.

–¿Viene a París?

–Está en Londres. Cree que tardará una hora.

–Creía que habíamos venido en su jet.

–Hemos venido en uno de la empresa. Dixon tiene el suyo.

–¿Solo para él?

–Es quien representa a la empresa, ahora que mi padre está reduciendo su horario de trabajo.

Como era hijo único, Shane se preguntaba a veces cómo se sentiría Tuck, siempre a la sombra de su hermano.

–¿Qué va a hacer Dixon con Kassandra?

–Supongo que divorciarse.

–Mujeres –dijo Tuck mientras se llevaba la taza de café a los labios.

–Kassandra parecía de las buenas.

–Eso te demuestra…

–¿Que no puedes confiar en las mujeres? –preguntó Shane pensando en Darci inexorablemente. Estaría bien poder confiar al menos en una.

–Que Dixon no siempre toma decisiones acertadas.

Al comprobar la tensa expresión de su amigo, Shane le preguntó:

–¿Llevas mucho queriendo soltarlo?

–¿Nos vamos? –preguntó Tuck al tiempo que terminaba de tomarse el café.

–¿Tuck? –Shane se preguntó si querría hablar de su hermano.

–Le he dicho que nos veríamos en el aeropuerto.

Shane esperó unos segundos más y se olvidó del tema.

–¿Se vendrá con nosotros?

–Probablemente, a no ser que piense hacer otra cosa, como dar un romántico paseo por el Sena –Tuck sonrió y dejó unos euros en la mesa.

Mientras el chófer los conducía por las calles de París, Shane volvió a pensar en la relación de Tuck con su hermano. Tuck lo respetaba, pero debía tener cierto grado de resentimiento hacia él. ¿Por qué, si no, se negaba a participar en mayor medida en la dirección de la empresa?

Cuando llegaron al aeropuerto, el jet de Dixon rodaba por la pista de aterrizaje. Se bajaron del coche cuando se abría la puerta del avión y Dixon bajó por la escalerilla.

–Tiene más aspecto de multimillonario que nosotros –dijo Shane.

Llevaba un perfecto corte de cabello, lustrosos zapatos, un traje hecho a medida y una bolsa de viaje en la mano. Rezumaba poder y prestigio por todos los poros.

El chófer se apresuró a agarrar la bolsa y lo condujo hasta el coche.

–Hola, hermano –dijo Tuck–. ¿Cómo estás?

–Gracias por venir –respondió este abrazándolo brevemente.

–Hola, Shane,

–Siento lo de Kassandra –afirmó este al tiempo que le estrechaba la mano.

–A veces, la vida es cruel. Igual que Kassandra. Me he enterado de que Gobrecht no ha firmado el contrato con vosotros.

–Por desgracia, así es. He venido a intentar salvar el de Beaumont.

El chófer abrió la puerta del copiloto y Dixon subió al coche. Shane y Tuck se acomodaron en la parte de atrás.

–¿Vas a insistir con Gobrecht? –preguntó Dixon mientras el chófer arrancaba.

–No tiene sentido. Justin se pasó media tarde al teléfono con ellos la semana pasada. Creo que el contrato está perdido.

–No me extraña, con esa actitud derrotista.

–Yo la considero realista.

–Debieras ir a hablar con ellos en persona.

–Ni siquiera me darían una cita –la última vez que Shane había hablado con el presidente de Gobrecht, este le había colgado.

–Pues ve a su casa.

–Tiene medidas de seguridad.

–Merece la pena intentarlo, hombre –afirmó Dixon–. Al menos, causarás impresión. Y así tendremos algo en que entretenernos. No tengo ninguna prisa en volver a Chicago.

–¿Sabes ya lo que vas a hacer? –preguntó Shane cambiando de tema. A diferencia de Tuck, él no tenía por qué seguir el consejo de Dixon.

–Desempolvar el acuerdo prematrimonial y mandar a mi abogado a que vea a Kassandra.

–¿Tus intereses económicos están protegidos?

–La empresa es de nuestros padres –apuntó Tuck riéndose.

–No dispondremos de las acciones hasta que mi padre muera –añadió Dixon. Siempre le preocupó que una cazadora de fortunas se hiciera con Tucker Transportation, aunque no pensó que sería Kassandra.

–Así que tu fortuna personal… –apuntó Shane, sorprendido de que aún no controlara parte de la empresa.

–Es insignificante.

–¿Lo sabe ella?

–Pronto lo sabrá.

Darci no se creía que el plan hubiera funcionado. El ama de llaves la recordaba del fin de semana y se había tragado la historia del pendiente, e incluso se había ofrecido a ayudarla a buscarlo en la bodega. Cuando le dijo que Shane le había mostrado dónde escondía la llave, aumentó su credibilidad.

Lo primero que hizo fue abrir la puerta de la bodega y dejarla entornada. Después tomó el pasillo principal. Con el corazón a punto de estallarle en el pecho y las manos sudorosas, fue abriendo las puertas de todos los pasillos laterales. Al cabo de treinta y cinco minutos halló lo que buscaba: un almacén con filas y filas de estantes con archivos etiquetados por meses y años.

Lanzó un suspiro de alivio y siguió la cronología de las cajas hasta los comienzos de la empresa. Entonces las halló: unas cajas con la etiqueta de D&I Holdings. Pero había aproximadamente cincuenta. Tardaría días en examinarlas.

Oyó voces. Se quedó petrificada, pero rápidamente se recuperó y apagó la luz, salió al pasillo, cerró la puerta y corrió al pasillo principal.

Las voces eran masculinas y estaban cada vez más cerca. Ella contuvo la respiración. Pero los pasos se dirigieron a la escalera del piso superior y las voces se perdieron en la distancia.

Darci estuvo a punto de caerse al suelo del alivio que experimentaba. Debiera volver arriba, decirle al ama de llaves que no había encontrado el pendiente y dar por concluido el asunto. Pero no sabía cómo podría tener otra oportunidad de estar en la mansión sin Shane.

Volvió al almacén, encendió la luz y regresó al lugar donde se hallaban los archivos de D&I Holdings. Sacó la caja más antigua y la abrió. Se levantó una nube de polvo que ella apartó agitando la mano.

Halló facturas de alquiler, gas, agua y luz, de ordenadores, herramientas e incluso bancos de trabajo y estanterías. Era evidente que los dos hombres habían trabajado mucho para reunir todo lo necesario para desarrollar los primeros prototipos.

Darci perdió la noción del tiempo hasta que se sobresaltó al volver a oír voces. No tenía tiempo de guardar todo, así que corrió hacia la puerta y la cerró tras ella.

—¿Señorita Lake?

Llegó al final del pasillo y miró con precaución desde la esquina.

—¿Señorita Lake?

—Estoy aquí.

—Ah, estaba preocupada —dijo el ama de llaves volviéndose hacia ella.

—Lo siento —se disculpó Darci acercándose—. No lo he encontrado en la bodega, así que he deshecho el camino que hicimos para llegar a ella.

—¿Lo ha encontrado?

—Sí —Darci se lo sacó del bolsillo de los vaqueros, donde lo había guardado. Qué alivio. ¿Le había dicho que era de mi abuela?

Pensó que la luz seguía encendida en el almacén y que había papeles en el suelo. Se estrujó el cerebro para buscar una excusa para seguir allí.

—Voy a cerrar la bodega. Ahora subo.

—Iré con usted.

—No hace falta.

—No es ninguna molestia —dijo la mujer mirándola con recelo.

–¿Estelle? –llamó una voz masculina.

–Estoy aquí, señor Massey.

Un hombre alto y atractivo, de treinta y pocos años, avanzó hacia ellas.

–Le presento a Darci Lake –dijo Estelle–. Estuvo aquí con el señor Colborn el fin de semana pasado y perdió un pendiente.

–Shane fue tan amable de enseñarme la bodega –le explicó Darci esforzándose en mantener la calma.

–Justin Massey, abogado de Shane.

–Mucho gusto –consiguió articular ella.

–Shane me ha hablado de ti.

–¿Ah, sí?

–Solo me ha dicho cosas buenas, te lo aseguro. ¿Has encontrado el pendiente?

–Sí –se lo enseñó.

–Estupendo.

–Iba a cerrar la bodega –Darci contuvo el aliento, esperando que Justin necesitara que Estelle lo ayudara.

–Estelle, necesito una par de cajas del archivador.

«¡No, no, no!». Aquello no podía estar pasando.

–¿Está el carrito por aquí?

–Ben sabrá dónde está. Le diré que se lo traiga.

–Gracias, Estelle.

La mujer sacó un teléfono móvil y se alejó de ellos para hacer la llamada.

–¿Trabajas en Colborn Aerospace? –preguntó Darci a Justin al tiempo que se debatía entre intentar evitar que él entrara en el archivador o salir corriendo lo más rápidamente posible.

–Hace ocho años.

–¿Y conoces a Shane desde entonces?

–Desde hace más tiempo.

–Yo acabo de conocerlo.

–En la fiesta, ya lo sé. Parece que le caes muy bien.

–A mí, él también.

–Me ha dicho que has leído el libro. Casi todo es mentira.

–¿Eres su acompañante?

–No suele necesitar uno.

Shane era un multimillonario encantador y sexy. Aunque recitara en la cama, las mujeres harían cola para acostarse con él.

–Ben vendrá enseguida –dijo Estelle acercándoseles–. Iré con la señorita Lake a cerrar la bodega.

–No hace falta. Yo le haré compañía.

Ella pareció momentáneamente contrariada, pero no iba a discutir con Justin. De todos modos, Darci había levantado sus sospechas, lo cual había sido un gran error por su parte. Mientras se alejaba, Justin se volvió hacia Darci.

–Creo que no quería dejarnos solos porque se imagina que flirtearé contigo –Justin rio–. Protege los intereses de Shane. Es admirable. La lealtad es poco habitual y muy valiosa.

–Supongo –dijo ella.

–¿Vamos a la bodega? –preguntó Justin consultando el reloj–. Es hora de tomarse una copa.

–¿Vas a robarle a Shane el vino?

–Desde luego.

–Eres su abogado.

–Y como tal, ejerzo mi poder sobre su vino. No creo estarme excediendo.

–Yo diría que sí –aunque, si Justin se emborrachaba, tendría la oportunidad de ordenar el archivador.

–Careces de sentido de la aventura.

Ella rio. Llegaron a la bodega y ella sacó la llave.

–No sé si sabes que aquí hay vinos muy valiosos.

–Shane me dijo que su padre los coleccionaba.

–Dalton era un sibarita.

–¿Lo conociste?

–Sí, era un hombre trabajador y brillante.

–¿Construyó Aerospace él solo?

–No tenía nada cuando comenzó, salvo ideas. Y pasó de estar solo a tener diez empleados, y después mil. Era un hombre difícil. No le caía bien a todo el mundo.

Justin cerró la puerta y ella cerró con la llave. Se agachó para guardarla detrás del panel.

–Parece que Shane ya confía en ti.

–¿Te importaría enseñarme el archivador?

–¿Para qué?

–Este viejo sótano me fascina, y me gustaría ver algo más.

–Te sentirás decepcionada después de haber visto la bodega.

–Me arriesgaré.

–Entonces, de acuerdo.

Capítulo Seis

Shane pasó tres días en Europa con Tuck y Dixon visitando posibles clientes, entre ellos la empresa Gobrecht. El acuerdo con Beaumont seguía vigente, aunque dudoso. El presidente de Gobrecht había accedido a recibir a Shane para decirle que estaba en conversaciones con una nueva empresa llamada Ellis Air. Shane intentó explicarle los riesgos que corría al negociar con una empresa tan pequeña, pero no lo escuchó.

De vuelta en Chicago y en la mansión con Darci, se olvidó de las frustraciones del viaje mientras ella daba una galleta a los perros. Mientras estos la devoraban, Darci retrocedió y miró a Shane.

–Serán tus amigos para toda la vida –aseguró él.

–Parece que siguen teniendo hambre.

–Siempre lo parece –Shane la tomó de la mano–. Vamos a dar un paseo.

En el momento en que los perros oyeron la palabra «paseo» saltaron hacia la dirección habitual.

–¿Le gusta pasear? –preguntó Darci.

–Creen que su trabajo consiste en vigilar el perímetro de la finca. Les encanta que se les dé una recompensa.

Darci llevaba unos vaqueros, un jersey verde y

unas bailarinas. Se había recogido el cabello en una cola de caballo, y unos mechones le caían sueltos por las sienes. No parecía llevar maquillaje, y las únicas joyas que lucía eran unos pequeños pendientes de oro.

–Estelle me ha dicho que habías perdido un pendiente –comentó él mientras los perros corrían por delante de ellos husmeando el jardín.

–Un ópalo que perteneció a mi abuela, por lo que tiene un enorme valor sentimental para mí. Así que agradecí la posibilidad de volver a buscarlo. Tardé un rato, pero, al final, lo encontré.

–Me alegro –Shane sonrió–. ¿Has conocido a Justin?

–Sí.

–Me ha dicho que le preguntaste por la historia de Colborn Aerospace.

–En efecto. Es un tema que me interesa.

–Sé lo que estás haciendo. Y me parece bien –le alzó la mano para besársela–. Yo también sentiría curiosidad por mí y estaría tentado de investigar un poco.

–Yo… No es…

–Sé que no eres una cazafortunas, Darci.

–Muy bien. ¿Cómo lo sabes?

–Porque las cazafortunas no se hacen de rogar.

–¿Crees que es eso lo que hago?

Él intentó retractarse.

–No digo que lo hagas astutamente, pero me detienes cada vez que me acerco. Y, en mi experiencia, las mujeres que quieren cazarme no se niegan a casi nada: a subir al monte Logan, a recoger basura como tarea comunitaria, a las peleas en el barro…

—¿Peleas en el barro?

—A veces me pongo creativo para ver hasta dónde son capaces de llegar. Siempre pueden negarse, como lo haces tú. Y eso es ser sincera.

—No pienso pelearme en el barro.

Él soltó una carcajada.

—Es un espectáculo ofensivo, lleno de bikinis.

—¿Te he obligado a hacer algo que no deseabas? —preguntó él deteniéndose y mirándola.

—No con palabras.

—Ni te he coaccionado ni te he ofrecido dinero.

—Es cierto —había sido muy respetuoso.

—Tú simplemente te niegas a lo que no te parece bien.

Ella lo miró con inquietud.

—¿Qué pasa? —preguntó él.

—Nada. Estoy de acuerdo contigo.

—Quiero besarte.

—Pues no lo hagas —replicó ella poniéndole la mano en el pecho.

—¿Por qué? —ya se habían besado dos veces—. Solo es un beso. ¿Por qué no te parece bien?

Ella parecía haber reflexionado sobre el tema, lo que a él le pareció una buena señal.

—A veces, hay cosas que me parecen bien en el momento, pero de todos modos las rechazo porque no están bien ni lo estarán, por mucho que yo desee que sea así.

–Darci –Shane la agarró de las manos mientras intentaba adoptar una expresión seria–. ¿Tiene algún sentido lo que estás diciendo?

–¿Te burlas de mí?

–Piensas demasiado. Y sigo queriendo besarte.

–Pues yo no.

Siguieron paseando en silencio mientras él reflexionaba sobre sus palabras. Algo iba mal, pero no sabía el qué.

–¿No estarás casada?

–Déjalo ya, Shane.

–¿Lo has estado?

–No, ¿y tú?

–¿No crees que eso lo habrías averiguado en Internet?

–Supongo.

–Yo también me he informado sobre ti, pero no he encontrado mucho.

–Trato de pasar desapercibida.

–¿Estás en un programa de protección de testigos?

–Algo así.

–¿Estás en peligro? Porque, de ser así, tengo medios para...

–No corro peligro.

–¿Es un antiguo novio que está celoso y te acosa? ¿Por eso me preguntaste por las medidas de seguridad?

–No te pregunté, me lo contaste tú.

–Pero me pediste detalles.

–No hay ningún exnovio que me acose –le aseguró ella lanzando un suspiro de frustración–. ¡Caray, Shane! Besarte me esta empezando a parecer mucho mejor que hablar contigo.

Era la invitación que él necesitaba, y no la desaprovechó. La abrazó y apretó sus labios contra los de ella. Darci se quedó inmóvil por la sorpresa, pero, después, abrió los labios y le devolvió el beso. Él la apretó más contra sí y su lengua jugueteó con la de ella. Sus curvas eran deliciosas, sus senos se apretaban contra su pecho y sentía su piel caliente contra la suya.

Los perros comenzaron a ladrar y ella se separó.

–No.

–Solo es un beso.

–No podemos.

–No hemos hecho nada –él deseaba hacer mucho más, llevarla a la casa y hacerle el amor el día entero.

–Estamos jugando con fuego.

Shane intentó entenderla. ¿A quién le importaba que jugaran con fuego? ¿Qué era lo peor que les podía pasar? Ella se sentía claramente atraída por él. ¿Por qué se contenía?

–¿Te estás reservando para el matrimonio?

–No, no es eso.

–Entonces, ¿qué es? –preguntó él con impaciencia.

–Ojalá pudiera contártelo –dijo ella bajando los brazos y dando un paso atrás.

–Hazlo.

–No puedo. Tengo que marcharme.

–Si tu plan consiste en tenerme intrigado, ya lo estoy.

–Creí que podría hacerlo –afirmó ella al tiempo que negaba con la cabeza.

–¿El qué? –Shane estaba perplejo.

–Lo siento –Darci dio media vuelta.

–¿Qué he dicho? ¿Qué he hecho?

Pero ella se alejó a toda prisa. Él quiso seguirla, pero supo que era inútil. No podía decirle nada más y no sería correcto presionarla. Debía reflexionar e intentar averiguar qué la contenía y cómo solucionarlo.

Darci entró a toda prisa en su casa. Jennifer estaba en la cocina.

–No puedo hacerlo –estalló ella mientras lanzaba el bolso a la silla más próxima–. Voy a desmoronarme.

–¿A desmoronarte? –Jennifer se estaba sirviendo una bola de helado de chocolate.

–He vuelto a ver a Shane.

Ya lo sé, pero me dijiste que estaríais en el jardín. ¿Qué ha pasado?

–Me he dado cuenta de que no tengo fuerza de voluntad.

Jeniffer se echó a reír y se sirvió otra bola de helado.

–¿Eso es todo? ¡Ya somos dos!

–¿Tienes hambre? –preguntó Darci al ver la cantidad de helado que se había servido.

–Mucha. ¿Quieres un poco?

–Por supuesto –Darci se acercó a la barra y se sentó en un taburete.

Jennifer sacó otro cuenco y le sirvió dos generosas bolas.

–¿Quieres nata?

–Sí –Darci se fijó en la expresión tensa de su amiga–. Un momento, ¿estás bien?

–Primero tú. ¿Por qué vas a desmoronarte?

–Por culpa de Shane.

Jennifer echó una buena cantidad de nata batida en cada cuenco y le pasó uno a Darci.

–¿Qué te ha ocurrido a ti? –preguntó Darci.

–Me ha llamado Ashton –dijo Jennifer antes de llevarse una cucharada de helado a la boca.

–¿Qué te ha dicho?

–Me ha pedido que salgamos esta noche. Ha reservado mesa en el Mystique y tiene entradas en la quinta fila, centrales, para ver un partido de *softball* de la liga mayor.

–No puedes vender tu alma por unas entradas.

–Ese no es el problema. El problema es que vendería mi alma por una hamburguesa y unas entradas pésimas para un partido de *softball* de la liga menor.

–No puedes… –Darci se interrumpió al recordar cómo se había sentido cuando Shane la había besado ese día–. Da igual. No deberías hacerlo, pero te entiendo –se metió una cucharada de helado en la boca, que estaba delicioso y le calmó los nervios.

–Explícamelo.

–He estado a punto de acostarme con Shane esta mañana. Me volvió a besar y fue como si... No sé.

–Qué desastre.

–Espero que te hayas negado a salir con Ashton.

–Me negué. Y tú, ¿qué vas a hacer?

–¿Sientes, en tu caso, como si te arrastrara una fuerza poderosa y magnética?

–Por eso me da miedo –respondió Jennifer asintiendo con la cuchara en la boca.

–No puedo volver a la mansión.

Siguieron comiendo en silencio durante unos minutos.

–A menos que utilices la atracción que Shane siente por ti como herramienta para espiarlo.

–¿Cómo? –preguntó Darci sin entender.

–Cede y acuéstate con él. Shane acabará durmiéndose. Todos lo hacen.

Darci creyó haber oído mal.

–Déjalo agotado –Jennifer esbozó una sonrisa calculadora–. Haz que duerma varias horas. Puedo darte algunos consejos.

–No los necesito. Y no voy a dejar agotado a Shane con sexo.

–Matarías dos pájaros de un tiro.

–Puede que los planos estén en la oficina central. Voy a centrarme en ella durante un tiempo.

–Me gustaría que tu sentido ético fuera menor.

–¿Te acostarías con Shane en estas circunstancias? –Darci no lo creía.

–Lo haría con Ashton, sin duda.

–Eso es completamente distinto, ya que deseas acostarte con él por cualquier motivo.

–Es cierto. Bueno, siempre puedes arrojar la toalla.

–¿Te refieres a dejar de resistirme a la atracción que siento por Shane? –era posible, pero la asustaba.

–No, me refiero a dejar de buscar los dibujos de tu padre –dijo Jennifer esbozando una sonrisa cómplice. Después, su expresión cambió y se volvió reflexiva–. Puede que haya llegado el momento de dar paso a los profesionales. Podrías contratar a un detective privado o consultar a un abogado.

–Sí, pero tengo miedo de que se enteren de la existencia de los esbozos si la desconocían.

–¿Porque podrían destruirlos?

–Este asunto ocurrió hace décadas, antes de que todo se escaneara y se enviaran copias por correo electrónico. Bastaría con encender una cerilla y ¡adiós muy buenas!

–Pero es posible que nunca los encuentres tú sola y que vayas a la cárcel por buscarlos.

–No he infringido ley alguna. No te meten en la cárcel por entrar en una casa privada sin autorización ni por fisgonear.

–Pero sí por robo.

–Si Shane me acusa de robarle los archivos de la empresa, yo le acusaré de robo de la propiedad intelectual.

–Siempre que encuentres los planos.

–Los encontraré. En algún sitio tienen que estar. Volveré a examinar cada rincón del cuartel general de Colborn Aerospace.

Jennifer se tomó la última cucharada de helado.

–¿Puedo ayudarte en algo?

No podía.

–Y yo, ¿puedo ayudarte en algo con Ashton?

El móvil de Jennifer sonó en ese preciso momento.

–Es él –dijo ella mirando la pantalla.

–Deja que hable yo con él. Pásame el teléfono.

Darci lo agarró, presionó la tecla de respuesta y se lo llevó a la oreja.

–Soy Darci, Ashton. Jennifer no puede hablar contigo. Tienes que dejarla en paz.

–No es asunto tuyo.

–Es mi mejor amiga. No voy a consentir que le hagas daño.

–Lo único que quiero es explicarme.

–Ya lo hiciste. Te concedió una segunda oportunidad y has vuelto a hacerla sufrir.

–No la he… Déjame hablar con ella.

–No.

–No es decisión tuya.

–Tienes razón. Es lo que Jennifer ha decidido. Adiós, Ashton, que te vaya bien.

–¡Vaya! –exclamó Jennifer en tono admirativo.

–Ya le habrías dicho tú todo eso antes.

–No de manera tan sucinta.

–He intentado que fuera definitivo.

–Y, definitivamente, lo has conseguido.

–Muy bien. A ver si te deja en paz.

–A ver –dijo Jennifer mordiéndose el labio inferior.

Darci sabía lo que estaba pensando. Sus emociones entraban en contradicción con la lógica. A ella, por primera vez, le pasaba lo mismo. Sus sentimientos encontrados hacia Shane la ayudaban a comprender a su amiga. Aunque Ashton fuera un canalla, Jennifer estaba enamorada de él y se resistía a abandonarlo.

–Creo que nos vendrá bien un poco más de helado –observó mientras rebañaba el cuenco.

Shane no sabría señalar con precisión cuándo había perdido el control de su vida.

–Hay al menos tres nuevos periodistas esperando en la puerta principal –dijo Justin mientras recorrían el pasillo de la planta ejecutiva del edificio Colborn, el lunes a media tarde.

Shane no le hizo caso, ya que su mente la ocupaban cosas más importantes.

–Fue entonces cuando me di cuenta de que ni siquiera el chófer podía ayudarme –afirmó, muy frustrado por su situación con Darci.

Justin siguió con su línea de pensamiento enumerando los periódicos a los que pertenecían los tres periodistas.

–El chófer la dejó en un café, no la llevó a su casa. ¿Y cómo no le pedí su número de teléfono?

Shane se dio cuenta demasiado tarde de que Darci y él habían concertado sus citas en persona.

–Riley Ellis ha hecho público el acuerdo con Gobrecht –dijo Justin–. Bianca afirma que eso demuestra que dice la verdad en su libro.

–Darci no aparece en ninguna red social. ¿Cómo puede vivir alguien así?

–¿Bianca?

–Darci.

–¿Has oído algo de lo que te he dicho?

–¿Y tú? No sé cómo voy a ponerme en contacto con ella –cabía la terrible posibilidad de que hubiera desaparecido de su vida.

–Si hablas con algún periodista, podríamos perder el contrato con Beaumont.

–¿Y si no?

–Podríamos perder el contrato con Beaumont.

–Entonces, da igual lo que haga, ¿no?

–¿Qué te pasa? –preguntó Justin deteniéndose.

Shane se volvió a mirar a su abogado.

–Esto es grave –apuntó este.

–Muy bien, es grave. ¿Qué quieres que haga?

–Que vuelvas a Francia y que te quedes allí hasta que firmen.

Shane no quería, bajo ningún concepto, marcharse del país de nuevo. Tenía que seguir buscando a Darci.

–No es buen momento.

–¿Y cuándo lo será? ¿Después de que te declares en quiebra?

–No seas tan alarmista.

—Ni tú tan idiota.

Justin era inteligente y tenía razón. Y Shane estaba confuso.

Muy bien, si debía ir a Francia, iría, pero lo más rápidamente posible.

—Quiero un jet de la empresa.

En respuesta, Justin presionó una tecla de su móvil.

—¿Ginger? Shane va a necesitar un avión de la empresa. Mañana. Dos o tres días en Europa. Gracias.

—Fue idea de Tuck —afirmó Shane, que no estaba seguro de por qué debía justificar su petición—. Y Dixon lo apoyó. Es más rápido, más eficiente y te proporciona más flexibilidad.

—Si quieres un jet, lo tendrás. Y podrás tenerlo de forma permanente, si te hace feliz.

—¿Cómo no le pedí el número de teléfono?

Llegaron al ascensor y Justin lo llamó.

—No puedes salir por la puerta principal.

—Ya lo sé.

—Localizarla no puede ser tan difícil.

—Eso es lo que creía. Pero no figura ninguna Darci Lake en ningún sitio en todo Chicago.

Se montaron en el ascensor.

—¿Tienes alguna foto de ella?

—Tuck —dijo Shane, como si hubiese tenido una inspiración—. Tuck la conoce.

El ascensor descendió hasta el sótano.

—Voy a llamar a un taxi para que nos recoja en la puerta de atrás —dijo Justin.

–Esto es ridículo. No soy una estrella del rock. Y no tengo nada que ocultar.

–Estás de mal humor, por lo que a los periodistas les será más fácil hacerte hablar.

–No estoy de mal humor.

–Ya…

La puerta del ascensor se abrió.

–No es por Bianca ni por Gobrecht –dijo Shane–. Es… –parpadeó y se quedó inmóvil. No daba crédito a lo que veía. Era imposible. Sin embargo, allí estaba ella, frente a los archivos del sótano.

La puerta del ascensor comenzó a cerrarse y él sacó la mano bruscamente para detenerla.

–¿Darci? –gritó.

Ella se volvió.

Al verlo, se le desencajó la mandíbula y se puso muy pálida. Él se le acercó a grandes zancadas y la agarró de las manos para comprobar que era real.

–¿Qué pasa? ¿Por qué estás aquí? Lo que quiero decir es que es estupendo volver a verte.

–Darci –una aguda voz femenina la llamó con un tono de desaprobación.

La expresión de ella era una mezcla de culpabilidad y pánico.

Shane se volvió y vio a Rachel Roslin, la encargada de los archivos. En cuanto esta reconoció a Shane, su actitud cambió.

–Señor Colborn, ¿desea algo?

Shane volvió a mirar a Darci y, entonces, se fijó en que tenía una carpeta debajo del brazo y en que llevaba una falda recta de color azul y una chaqueta a juego. Trabajaba allí. Todas las piezas encajaron en su cabeza e inmediatamente le soltó las manos.

–Tratamos de evitar a los periodistas, por lo que un coche nos va a recoger en la puerta de atrás.

–Entiendo –contestó ella mirando con recelo a Darci.

–Necesito que me preste a Darci para una reunión –dijo Shane.

Rachel se quedó perpleja.

–Desde luego, señor Colborn, pero me gustaría ser yo la que…

–No queremos apartarla a usted de su trabajo –intervino Justin–. Necesitamos a Darci. La otra parte llevará acompañamiento y queremos estar a la par, para que el señor Colborn parezca importante.

–Entiendo –dijo Rachel–. Darci, por favor, acompaña a los señores.

–¿Tienes que ir a por el bolso? –preguntó Shane.

Ella lo miró a los ojos. Parecía aterrorizada. Él quiso decirle que no se preocupara, que no iba a perder el trabajo. Ella asintió y se fue.

Shane sintió la imperiosa necesidad de seguirla por miedo a volverla a perder.

Rachel Roslin también se marchó.

–¿Qué es esto? –susurró Justin.

–Explica por qué no quiso acostarse conmigo.

–No todas las mujeres quieren hacerlo –apuntó Justin riéndose.

–Esta sí. Aquí viene.

La había encontrado. No importaba nada más.

Capítulo Siete

Se hallaban a tres manzanas del edificio Colborn y Darci estaba cada vez más nerviosa. De repente, el taxi en el que iban aparcó junto a la acera, detrás de un todoterreno negro.

–Hemos evitado a la prensa tomando un taxi en la parte de atrás –le explicó Shane mientras la tomaba de la mano para cambiar de vehículo–. Los periodistas estaban en la entrada principal.

Aún no le había hecho ninguna pregunta y ella no había hecho nada salvo tratar de controlar el pánico. La había pillado. Todo había acabado, y Shane debía de estar furioso.

–Íbamos a una reunión, pero Justin la anulará.

Darci se dio cuenta de que el abogado se había quedado en el taxi y de que el coche se ponía en marcha. Shane dio a un botón para que se elevara la pantalla de separación entre el chófer y ellos.

Darci tenía la garganta seca. No creía que Shane fuera a hacerle daño. Pero ¿podría estar segura, si él creía que la fortuna familiar corría peligro? Reprimió la urgencia de escapar saltando del vehículo. Podía hacerlo al llegar a un semáforo en rojo. Observó el picaporte, cerca de su mano.

–Es la hora de confesar –dijo él.

Ella tragó saliva.

—¿Era por eso? —preguntó él con el ceño fruncido.

Ella abrió la boca para hablar, pero no consiguió articular palabra.

—Muy bien, lo entiendo.

Ella, con el corazón desbocado, trató de descifrar el significado de sus palabras.

—Pero me disgusta que me hayas mentido. Debieras haber sido sincera conmigo. La primera noche, de acuerdo. Pero ¿después?

—Tenía miedo —consiguió decir ella.

—Entiendo que no quieras dormir con tu jefe. Pero no puedo ayudarte ni resolver el problema si no sé cuál es.

¿Sabía cuál era? Si fuera así, no estaría hablando de solucionarlo.

—Me has tenido haciendo suposiciones todo el tiempo.

—No era mi intención —ella estaba en ascuas, sin atreverse a esperar que él creyera que se trataba del trabajo.

—No sé por qué Tuck no me dijo que trabajabas en Colborn Aerospace.

—No lo sabe.

—¿Cómo que no lo sabe?

—No se lo he dicho. No lo conozco mucho.

—Me contó que tenías tu propia empresa de diseño de páginas web.

—Así es, pero es un trabajo a tiempo parcial —el ritmo de los latidos de su corazón comenzó a disminuir y trató de respirar con normalidad. Shane creía que el hecho de que trabajara para él explicaba su errática conducta.

–Empecemos de nuevo.

–¿Esta conversación? –preguntó ella sin entender.

–Nuestra relación.

No tenían una relación. Ella no quería tenerla, pero asintió vacilante porque era una momentánea vía de escape. Se debatía entre el sentimiento de culpa y el alivio.

–¿Qué es lo que más te preocupa? ¿La publicidad, la seguridad de tu empleo, el qué dirán?

Si ella fuera una empleada normal que se liaba con su jefe, le preocuparía todo eso. Pero en sus circunstancias, nada de ello importaba.

De repente, el rostro de Shane se iluminó con una sonrisa.

–Ya lo tengo. Tuck puede darte trabajo.

–¿Qué?

–Eso lo arreglaría todo –el entusiasmo de Shane crecía por momentos–. Dejarás de trabajar para mí, por lo que nuestra relación personal no afectará a tu empleo. Y podemos ser todo lo discretos que desees para evitar dar que hablar.

–No quiero trabajar para Tuck.

–¿Por qué no? Me has dicho que no has tenido una relación con él. Puedo conseguirte un notable aumento de sueldo y no perderás los beneficios sociales ni las vacaciones.

Por suerte, el coche aparcó, lo cual le concedió una tregua.

–¿Dónde estamos? –preguntó ella cambiando de tema.

–En mi casa. Hablaremos arriba. No podemos dejarnos ver en público. Debo reconocer que me preguntaba por qué te gustaba tanto la mansión.

A ella no le gustaba la mansión por miedo a la publicidad, pero a Shane estaba siendo muy hábil a la hora de crear aquella nueva historia para ella. La tomó de las manos y la miró a los ojos.

–No voy a presionarte, Darci. No se trata de dormir juntos, pero o lo solucionamos o nos separamos. Y yo no puedo separarme de ti.

Volvió a invadirla el sentimiento de culpa.

–No debieras ser así.

–¿Así cómo?

–No sé… Tan… Tan compasivo.

–No lo soy –dijo él sonriendo–. Ya has leído el libro.

–No te pareces al del libro –de hecho, no se parecía a nada de lo que ella había esperado.

La sonrisa de él se hizo más ancha.

–Subamos y hablaremos.

Ella no tuvo más remedio que acceder. Se dijo que podría reunir más información, que tal vez hubiera alguna pista en su casa.

El portero les abrió la puerta del lujoso edificio. El ascensor subió treinta y dos pisos, y las puertas se abrieron a un vestíbulo privado. Al entrar en el ático, Darci se halló en un amplio salón con dos enormes ventanas que daban al lago.

–¡Qué vistas! –exclamó acercándose a ellas.

–Son fantásticas en las noches claras. No tanto cuando hay niebla.

–Seguro que sufres mucho debido a las inclemencias del tiempo.

–¿Te estás burlando? –preguntó él acercándosele por detrás.

–Sí.

–Es justo, ya que no tengo motivos para quejarme. Me encantaría que vieras amanecer desde aquí.

A ella no se le ocurrió nada que decir.

–Lo siento, no debiera haber dicho eso.

Durante unos segundos, a ella no le importó. Quería abrazarlo, besarlo y dejarse llevar por la pasión hasta que saliera el sol. Él le puso las manos en los hombros y ella no lo rechazó. Después, le acarició el cabello y la besó dos veces en el cuello.

–Te he mentido –murmuró él–. No lo siento en absoluto. Eres preciosa.

Ella cerró los ojos y se relajó contra su cuerpo sintiendo el calor y la fuerza que desprendía. Fue incapaz de oponer resistencia mientras él la besaba con mayor audacia y pasión.

Ella ladeó la cabeza para que la besara con más facilidad y él le quitó la chaqueta. Después, se puso frente a ella y le tomó el rostro entre las manos. Darci abrió los ojos y lo miró.

–Te he echado de menos –susurró él.

–Nos vamos a arrepentir de hacer esto.

–Puede que algún día, pero creo que vamos a tardar bastante.

Atrapó los labios de ella con los suyos, y ella sintió que se derretía. No quería parar ni hacerse preguntas. Le devolvió el beso y sus lenguas se enredaron de una forma que ya le resultaba familiar.

Él le introdujo una mano en el cabello y le puso la otra en la cintura para apretarla más contra sí.

El móvil de él comenzó a sonar. Ella se sobresaltó.

—Olvídalo —dijo Shane al tiempo que se quitaba la chaqueta, donde llevaba el móvil, y la dejaba en una silla—. No hay nada más importante en el mundo que tú.

Ella le acarició el pecho y él le volvió a tomar el rostro entre las manos.

—Darci —susurró—. ¿Estás bien? ¿Prefieres que lo dejemos?

—No, estoy harta de negarme —era eso lo que deseaba, estaba totalmente segura.

—Menos mal —dijo él mirándola a los ojos, en vez de besarla, que era lo que ella esperaba.

—¿Qué pasa? —preguntó Darci.

—Nada, saboreo el momento.

—Te arriesgas a que me lo piense mejor —afirmó ella sonriendo.

—No, no vas a hacerlo —respondió él al tiempo que le desabrochaba el botón superior de la blusa.

—¡Qué humos!

—Ya te has decidido —dijo él mientras le desabrochaba el segundo botón—. Cuando te toco, te enciendes, los ojos te brillan como esmeraldas y se te pone la carne de gallina. Y no finges.

La volvió a besar y ella experimentó oleadas de deseo en el centro de su feminidad. Antes de que pudiera darse cuenta, le había quitado la blusa. Él se quitó la camisa y le quitó el sujetador. Comenzaron a explorarse mutuamente con las manos.

Él era puro músculo de los pies a la cabeza y olía a almizcle. Le agarró un seno, lo que provocó en ella un gemido de profunda satisfacción. Luego se lo besó y ella se esforzó en mantener el equilibrio. Le besó el vientre y le desabrochó los pantalones y se los bajó. Ella se los quitó, al igual que los zapatos y las braguitas.

Él le besó la parte interna del muslo mientras ella se aferraba a sus hombros para sostenerse, Cuando él se irguió, ella estaba extasiada y había perdido el sentido de la realidad.

Shane se desnudó rápidamente, buscó un preservativo y se tumbó en un sofá al tiempo que tiraba de Darci para sentarla a horcajadas en su regazo. Sus cuerpos se encontraron íntimamente.

—Te deseo tanto —dijo él con voz ronca.

Se miraron a los ojos y él flexionó las caderas y la penetró más profundamente. Él cuerpo de ella reclamó el de él. El corazón de Darci latía desbocado mientras ella jadeaba.

Él se detuvo y le acarició los muslos. Se irguió y la besó en los labios. Ella deseaba más, mucho más, y lo abrazó con fuerza.

—Te desearé siempre —susurró él contra su boca.

—Seguro —dijo ella y, de repente, comenzó a moverse sobre él.

Shane gimió. La sujetó con los brazos, la atrajo hacia sí y arqueó el cuerpo.

El mundo desapareció y ella perdió el sentido del tiempo. Nada existía ni importaba, salvo lo que estaban haciendo.

Él aumentó el ritmo y, con destreza, se dio la vuelta ponerse encima de ella. Poco después, Darci gritaba su nombre y estaba al borde del clímax.

–Darci –gritó él con voz entrecortada–. Darci, Darci.

Disminuyó el ritmo hasta quedarse inmóvil. Ella jadeó en busca de aire. Sintió los latidos del corazón de Shane y la forma en que se expandían sus pulmones y respiraba al lado de su oreja.

La realidad estaba por ahí, en algún sitio, pero ella no tenía prisa en encontrarla.

El cuerpo de Darci estaba cálido bajo el de Shane, y sus curvas lo acunaban. Su respiración había vuelto a ser regular y los latidos del corazón se le habían estabilizado.

Sintió la necesidad de disculparse. Aquello no era lo que había planeado.

Se echó hacia atrás para mirarla. Tenía los labios muy rojos y levemente hinchados y los ojos brillantes. Le acarició la mejilla con el pulgar.

–Hola –dijo en voz baja.

–Hola –contestó ella con una sonrisa vacilante.

–No era mi intención que esto sucediera así.

–Entonces, ¿cómo?

–Con velas, vino, una cama y unas flores.

–Y siguiendo vestidos tres minutos después de cerrar la puerta de entrada.

–Posiblemente –dijo sonriendo y tocándole la frente con la suya–. Ay, Darci, ¿qué me has hecho?

–Nada, que yo sepa.

–Ya lo sé. Me basta con que respires para desearte.

–Podría dejar de respirar.

–No te lo recomiendo.

Deseaba volver a besarla y dejar que la pasión los arrastrara de nuevo. Pero debía ser un caballero.

–Tengo una amplia ducha y un jacuzzi en la terraza, un par de albornoces y una botella de vino.

El teléfono móvil volvió a sonar.

–Debiera haberlo estrellado contra la pared –se quejó él.

–¿Puedes agarrarlo desde aquí?

–¿Me muevo? ¿Peso mucho? –preguntó él, que no estaba dispuesto a contestar la llamada.

–No lo sé. Estoy entumecida.

Él se apartó inmediatamente, pero ella le dedicó una sonrisa burlona. Él se la sentó en el regazo.

–Voto por el jacuzzi y el vino.

Ella asintió. Shane la tomó de la mano y se levantaron. Salieron a la terraza y él la ayudó a meterse en el agua y conectó los chorros.

–Espera un momento. Enseguida vuelvo.

–Dudo que vaya a marcharme a ningún sitio –observó ella, totalmente relajada, lo que le relajó a él también.

Mientras abría la botella de vino, el móvil volvió a sonar. Esa vez miró la pantalla. Era Justin.

Conectó el altavoz y continuó sacando el corcho.

–¿Qué tal?

–Hola, ¿cómo te ha ido?

–Bien, estamos hablando –Shane descorchó la botella.

–¿Todavía? –preguntó Justin sorprendido.

–Tenemos mucho de que hablar –respondió Shane consultando su reloj. Eran casi las seis–. ¿Qué quieres? –agarró dos copas.

–El jet está listo para mañana.

–¡Maldita sea! –Shane se había olvidado del viaje a Francia.

–¿Qué te pasa?

–Nada, que no me apetece pasarme nueve horas en un avión.

–El jet tiene dormitorio, así que podrás dormir durante el vuelo.

Shane miró hacia el jacuzzi y divisó la cabeza de Darci emergiendo de la bañera. Se preguntó si querría acompañarlo a Francia.

–¿Deseas algo más? –preguntó a Justin.

–Nada más, salvo que firmes el contrato con Beaumont y salves Colborn Aerospace.

–Me refiero a las próximas horas.

–¿Es que tienes algún plan? –se burló Justin–. No te preocupes. Tengo para rato con los contables.

–Que te diviertas –Shane dejó el móvil, agarró la botella y las copas y salió a reunirse con Darci.

–*Chateau montagne* 1999 –dijo mientras servía el vino sobre una mesita de cedro.

–¿Debiera sentirme impresionada?

–Sí –contestó él tendiéndole una copa.

–¿Es caro?

–Sí, pero eso no es lo más importante.

–¿Qué es lo más importante?

–Que es delicioso.

–Entonces, estoy impresionada –dijo ella sonriendo.

–Y he cumplido mi misión –anunció él mientras dejaba la copa en el borde de la bañera y se metía dentro.

–Mi misión de impresionarte con el vino –añadió él rápidamente–. No de…

–¿Tener sexo conmigo?

–No, eso no era una misión, sino una aspiración.

Shane no iba a mentirle. Había deseado acostarse con ella desde la primera noche. Sus sentimientos no habían cambiado, pero las cosas se habían complicado.

–Te preocupan las apariencias, ¿verdad? Que la gente crea que te acuestas conmigo para ascender en la empresa o que te he obligado a acostarte conmigo.

–¿Y voy a ascender por acostarme contigo? –preguntó ella en tono festivo. ¿Hasta dónde?

–Basta, Darci. No me preocupa tu comportamiento, sino el mío –le resultaría insoportable haber dicho o hecho algo sin darse cuenta que la hubiera obligado a acostarse con él.

–Si no fuera tu jefe, si no fuera el presidente de Colborn, ¿estarías aquí?

–Si no fueras el presidente de Colborn Aerospace, no me hubiera colado en tu fiesta ni te hubiera conocido.

–¿Te colaste en la fiesta?

–Los empleados de los archivos no estábamos en la lista de invitados.

Shane dio un trago de vino. Necesitaba reflexionar sobre el hecho de que no se hubieran conocido de forma accidental.

–No me has contestado –había pasado de preocuparse por haberla coaccionado sin querer a pensar que lo estaba manipulando. Detestaba tener aquella conversación, pero no iba a consentir que lo volvieran a engañar–. ¿Estarías aquí si no fuese multimillonario?

–Shane, el principal inconveniente de que me haya acostado contigo es que seas el presidente multimillonario de Colborn Aerospace.

–¿No buscas un esposo rico?

–No, no busco un marido rico y, si lo hiciera, probablemente te mentiría al respecto, por lo que este interrogatorio es inútil.

–Sé que mentirías, pero lo que cuenta no es lo que dices, sino la expresión y la entonación.

–Si no estuviera desnuda, saldría de aquí corriendo –afirmó ella, claramente molesta.

–Pues menos mal que estás desnuda.

Ella dio un sorbo de vino.

–Estás en tu derecho de desconfiar de los demás, porque la gente no es de fiar. Todos tienen algo que ocultar –observó.

–¿Tú también?

–Desde luego.

–¿No estás enfadada?

–¿Porque sospeches de mí? No.

–¿Qué te parece Francia? –preguntó él cambiando de tema.

¿Como país productor de vino?

–No, como destino turístico. París, en concreto. ¿Has estado allí?

–No –replicó ella. La pregunta parecía haberla divertido.

–Mañana me marcho a París por negocios. ¿Quieres venir conmigo?

–Tengo que trabajar.

–Ya me ocuparé yo de eso.

–Verás, eso es justamente lo que no vamos a hacer. No voy a dejar mi trabajo y a cruzar el Atlántico con mi jefe.

–Tienes que empezar a trabajar para Tuck.

–Shane, casi no me conoces. No sabes nada de mí. Y ahora que –miró significativamente su propio cuerpo desnudo– me has conquistado...

–Vaya –Shane se sentía insultado.

–No soy una ingenua.

–Esto no ha sido una conquista, Darci –comenzaba a enfadarse.

–Me creo que creas eso.

–Y también que soy un cínico.

–Ser realista no es ser cínico. Ve a París y deja

111

que se calmen tus hormonas. Cuando vuelvas, si aún quieres verme, ya sabes dónde encontrarme.

—Estás diciendo tonterías. Recuerda lo que hay entre nosotros.

—¿Te refieres a la lujuria?

—Eres una cínica.

—Deja en paz mi trabajo y no me vuelvas a decir que trabaje para Tuck.

—Si es lo que quieres, no lo haré.

—Hablo en serio, Shane. Y nada de ascensos ni de subidas de sueldo.

—Es reconfortante estar contigo.

—No sé a qué te refieres.

—La mayoría de las mujeres me rogarían que las ayudara.

—Yo no soy la mayoría de las mujeres.

—Desde luego que no. Ven aquí con la copa y déjame abrazarte durante un buen rato.

Capítulo Ocho

–Entonces, ¿he cometido el mayor error de mi vida? –Darci terminó de contarle la historia a Jennifer al día siguiente, sentadas una frente a otra al ordenador, al lado de la ventana de la habitación principal del ático.

–Puede que no el mayor –dijo Jennifer.

Los dos escritorios eran idénticos y estaban uno frente a otro, lo que les permitía trabajar y hablar a la vez.

–Pero es grave –Darci se esforzaba en lamentar haber hecho el amor con Shane sin conseguirlo.

–Depende de cómo lo mires.

–He hecho el amor con Shane Colborn –solo había una forma de mirarlo.

–Tal vez te proporcione más oportunidades de espiarlo, ya que has roto el hielo.

–No lo he hecho por eso.

–Ya lo sé, pero reconocerás que te abre interesantes oportunidades. Puedes pasar la noche con él en la mansión. Ya sabes dónde están los archivos.

–¿Y si me descubre?

–Va a descubrirte, Darci. Y si no lo hace, encontrarás los planos y le dirás la verdad. Esto solo puede acabar de una manera.

–Lo sé. No debiera haber hecho el amor con él.

–Puede que no, pero lo has hecho. Considéralo la aventura de una noche. ¿Nunca has tenido una?

–¿No crees que te lo hubiera contado?

–Pues yo sí –confesó Jennifer.

–¿Con quién? –preguntó Darci, sorprendida.

–Con Ashton.

–Eso no es la aventura de una noche.

–Lo fue en su momento. Fue la noche en que nos conocimos. Creí que no volvería a verlo.

Llamaron a la puerta del piso y ellas se miraron.

–¿Será Shane? –susurró Jennifer.

–Está de camino a Francia –Darci titubeó. Tal vez hubiera adivinado lo que estaba haciendo y, enfadado, hubiera retrasado el viaje. Tal vez aquello fuera el final.

–Hablaré con él –afirmó Jennifer–. Escóndete.

–No voy a meterme debajo de la cama ni en un armario.

–Pues hazte a un lado. Le diré que no estás.

Volvieron a llamar y Jennifer fue a abrir. Darci contuvo la respiración y se preparó para oír la voz airada de Shane.

–¿Ashton? –dijo Jennifer en un tono que denotaba su sorpresa.

–Solo quiero hablar contigo.

–Márchate –le gritó Darci apareciendo en su línea de visión.

–No te metas, Darci.

–Déjala en paz –insistió Darci tomando del brazo a su amiga.

–No pasa nada –apuntó esta–. Voy a acabar con esto de una vez por todas.

–¿Estás segura?

–Sí –respondió Jennifer–. Pero quédate conmigo.

Ashton entró y cerró la puerta. Se hizo un incómodo silencio.

–¿Nos sentamos? –propuso Ashton.

–Lo mejor será que digas lo que tengas que decir –propuso Darci.

–Vamos a sentarnos –dijo Jennifer, tras lanzar un profundo suspiro–. Y nos vendría bien beber algo.

Ashton se sentó en un extremo del sofá y Jennifer lo hizo en un sillón frente a él. Darci fue a la cocina a buscar algo de beber.

–Sé lo que crees que viste –dijo Ashton.

–Ella estaba en tus brazos, Ashton. Y estaba medio desnuda.

–Fue ella la que se me insinuó. No pasó nada.

–Solo porque aparecí yo.

–No, no hubiera pasado nada en ningún caso.

–Creo que nunca lo sabremos.

Darci sacó tres vasos de un armario.

–¿Crees de verdad que me fui a un dormitorio a escondidas, en medio de la fiesta, para engañarte?

–Creías que me había marchado.

Darci sabía que Jennifer se había ido de la fiesta enfadada porque él estaba flirteando con otra mujer. Pero se había olvidado de la chaqueta, por lo que regresó y los halló juntos.

–No estaba flirteando.

–Lo estabas. Pero no es eso lo que más me duele.

–Estábamos hablando. Tal ves fuera ella la que flirteaba. Las mujeres lo hacen constantemente.

–¿Porque eres irresistible? –Jennifer se echó a reír.

–No sé por qué. Iba a salir en tu busca.

–¿Cruzando el dormitorio?

–Había dejado la chaqueta allí –afirmó él con dureza–. Al igual que allí estaban la tuya y la de todos los demás. Si iba a tener sexo con otra mujer, ¿no crees que hubiera elegido otra habitación con menos trasiego?

Jennifer no contestó inmediatamente. Darci sacó una botella de ron. No era su bebida preferida, pero sabía que Ashton la odiaba. Tal vez así se apresurara a marcharse.

–Me siguió al dormitorio –continuó Ashton– y se quitó el jersey.

Darci abrió la nevera y sacó una botella de refresco de lima y limón y una jarra con zumo de naranja.

–Antes de que pudiera decirle nada, comenzó a besarme. Si te hubieras quedado mirando cinco segundos más, me habrías visto rechazarla.

–Me dio miedo seguir mirando.

Darci sabía que Ashton tenía que estar mintiendo, pero parecía sincero. Añadió unos cubitos de hielo a las bebidas y llevó dos vasos al salón. Ashton frunció el ceño al verlos.

–Ponche de ron –dijo Darci.

Jennifer disimuló una sonrisa y tomó un sorbo del suyo.

–Qué bueno.

–Gracias –dijo Ashton en tono neutro.

Darci volvió a la cocina a por su vaso.

–¿Llevas persiguiéndome tres semanas para decirme eso? –preguntó Jennifer.

–Es la verdad –volvía a parecer muy sincero.

–No te creo.

–Lo sé –dio un sorbo de ponche e hizo una mueca–. Pero debía intentarlo.

Darci volvió al salón y se sentó en el otro extremo del sofá.

–Lo siento –dijo Jennifer.

Darci quiso preguntarle por qué, pero dio un trago de ponche e hizo una mueca. Estaba asqueroso.

–No lo sientas –dijo Ashton–. Entiendo que reaccionaras como lo hiciste. No te culpo. De haber estado en tu pellejo, yo hubiera pensado lo mismo. Claro que yo le hubiera cortado la cabeza al tipo.

Darci comenzó a compadecerse de Ashton. Parecía muy apesadumbrado. La expresión de Jennifer se relajó. Darci pensó que eso era lo que él hacía cada vez.

–Nunca la habrías encontrado en semejante situación –apuntó, impulsada por la necesidad de defender a su amiga.

Ashton la fulminó con la mirada.

–Eso es lo que hace siempre –prosiguió Darci

dirigiéndose a ella–. Pone esos ojos de cachorro herido, te dice que entiende cómo te sientes, que las circunstancias conspiraron en su contra y te vuelves a subir al tiovivo.

–Será mejor que te vayas –dijo Jennifer–. Ya te he escuchado, pero vete, por favor.

–No puedo –respondió él.

–Tienes que hacerlo.

Él apuró la bebida.

–No soy perfecto, pero nunca te haría sufrir de esa manera.

–Déjala –dijo Darci levantándose.

–No puedo más –la voz de Jennifer se quebró.

–Lo entiendo. Es culpa mía –Ashton dio media vuelta, cruzó la habitación y se marchó.

–¿Estás bien? –preguntó Darci.

–¿No te asusta? ¿Debiera asustarte?

–¿A mí?

–He hablado con dureza de Shane y te he dado consejos simplistas sobre cómo tratarlo, sin tener en cuenta tu confusión sentimental. Estás en peligro.

–No estoy en peligro.

–Claro que sí.

Darci volvió a sentarse. Las cosas eran complicadas con Shane, pero ¿peligrosas?

–Vas a traicionarlo y te odiará por haberlo hecho. Y eso te partirá el corazón.

–Mi corazón no interviene en ese asunto.

–¿Y si eso cambia?

–No cambiará. Y Shane no se ha enamorado de mí.

–Esperemos que sea así.

Darci no tenía que esperar nada. No sucedería.

Shane, que acababa de volver de Francia ese jueves por la tarde y llevaba veinte horas sin dormir, se estaba tomando la segunda cerveza y una ración de pizza en el bar Dealan's, acompañado de Justin, cuando llegó Tuck. La camarera se apresuró a llevarle su cerveza preferida.

–Gracias, guapa –dijo él–. ¿Qué tal el viaje? –preguntó a su amigo.

–¿Sabías que Darci trabaja para mí?

No le habían ido muy bien las cosas en Francia. Riley Ellis había vuelto a presentarse como un posible competidor, y Shane comenzaba a preguntarse si no lo habría subestimado. Pero, en aquel momento, quería que Tuck le dijera lo que sabía de Darci.

–¿En serio? Qué raro.

–¿Lo sabías?

–¿Cómo iba a saberlo?

–Es amiga tuya.

–No, es… –Tuck se contuvo para no acabar la frase–. Es una conocida. Creí que tenía su propia empresa.

Shane no podía deshacerse de la molesta sospecha de que Tuck sabía más de lo que decía.

–La tiene, pero también trabaja en Colborn Aerospace.

–¿Por eso estaba en la fiesta?

–Se coló en ella.

Tuck rio. No parecía que ocultara ningún oscuro secreto.

–Deberías implantar más medidas de seguridad. O menos, si son mujeres como ella las que se van a colar en tus fiestas.

Shane decidió olvidarse de sus sospechas.

–Por eso no quería acostarse conmigo.

–Está obsesionado con eso –apuntó Justin–. No entiende que una mujer le diga que no porque tiene buen gusto.

–No me importaba que ella se negara. Lo que me desconcertaba eran las señales contradictorias.

–¿Son ahora claras?

Shane titubeó. No quería contarle lo sucedido.

–Le preocupa tener una relación con su jefe.

–Es una mujer inteligente –apuntó Justin.

–Entonces, ¿está disponible? –preguntó Tuck.

–Ni se te ocurra acercarte a ella.

–Te aseguro que no intentaré nada con ella.

–Necesito que me hagas un favor.

–Lo que quieras.

–Ofrece a Darci un empleo en Tucker Transportation.

–Es una buena solución –intervino Justin levantando su jarra de cerveza.

–No hay problema. ¿Tienes una copia de su currículo?

–Te la pasaré yo –afirmó Justin.

–Entonces, está hecho.

–Todavía tengo que convencerla de que lo acepte.

–Podría ser una excusa para no meterse en tu cama –apuntó Justin.

–No se trata de eso –Shane pensó que estaba hablando demasiado, por lo que se concentró en la pizza.

–Asegúrate de que no aparezca en los titulares –masculló Justin.

–No es de esas.

Sus dos amigos esperaron en silencio, pero Shane no dijo nada más.

Cuanto antes se instalara en un puesto fuera de Colborn Aerospace, mejor.

–Quédate –dijo Shane a Darci al oído.

Habían cenado en la terraza de su piso, pero habían acabado en la cama.

Ella se dijo que una aventura de dos noches no era peor que la de una, y estuvo a punto de creérselo. También se dijo que podía tener una relación física con Shane sin que intervinieran sus sentimientos.

–No es buena idea.

–¿Por qué?

«Porque te estoy mintiendo», pensó ella.

–Porque estamos empezando a conocernos.

–Soy guapo, tengo éxito y soy bueno en la cama. ¿Qué más necesitas saber?

–No voy a someterte a un interrogatorio –observó ella intentando no reírse.

–Háblame de tu familia. Me parece que estoy

en desventaja, porque tú sabes muchas cosas de la mía.

Ella se dio cuenta de pisaba un terreno minado.

–Éramos mi padre y yo. Vivíamos en un piso pequeño, cercano a un parque que tenía una pista de patinaje. Me gustaba patinar.

–¿Se te daba bien?

–No se me daba mal. ¿Tú practicabas algún deporte?

–Béisbol, segunda base.

–¿Se te daba bien?

–Sí, para un chico de instituto. A Tuck y a mí nos gustaban las fiestas.

–Me lo había dicho. Me dijo que os gustaban los coches caros e ir a discotecas.

–Eso fue cuando éramos mayores. En el instituto, hacíamos fiestas en la playa.

–¿Con chicas en bikini?

–Siempre que fuera posible.

–¿Eras un niño rico y mimado?

–Era un privilegiado, sin duda. Pero, después, mis padres se mataron, y todo cambió.

–Tuck también me lo había dicho.

–Me cuesta no estar celoso de él.

–¿Qué les pasó a tus padres?

–Iban en una lancha motora, uno de los pasatiempos preferidos de mi padre. Chocaron con algo en el agua a una velocidad de sesenta nudos y volcaron. Yo estaba en tierra. Fue un mal día.

–Lo siento mucho –dijo Darci. Sus sentimientos hacia Dalton Colborn no importaban. Era una tragedia humana a la que Shane había tenido que enfrentarse muy joven.

–Después del accidente, la empresa pasó por un periodo de inestabilidad de dos años.

–¿Tuviste ayuda? ¿Había gente en la empresa con experiencia que te apoyara?

–Justin siempre me ha ayudado mucho –Shane le pasó el brazo por los hombros–. ¿Por qué estamos hablando de eso? Ocurrió hace mucho tiempo. Y lo que quiero es hablar de ti.

–Yo soy aburrida, en comparación.

–No me lo creo –la besó en el nacimiento del cabello–. Quédate a dormir conmigo y despiértate conmigo mañana. Desayuna conmigo y relájate. Tal vez me cuentes tus secretos.

–Sabes que es muy complicado –afirmó ella al tiempo que intentaba controlar su creciente ansiedad.

–Déjame hacerlo más sencillo.

–No puedes –la única persona que podía hacerlo era ella. Y eso solo sucedería si lo abandonaba todo, incluyendo a Shane, su búsqueda y sus sentimientos.

–Déjame intentarlo –rogó él tomándola de las manos–. Tuck puede darte trabajo.

–¿Has hablado de esto con Tuck? –preguntó ella incorporándose y sentándose en la cama.

–Sí. Le he dicho que trabajas para mí, que me gustabas y que quería dar una oportunidad a nuestra relación.

–¿Le has contado que tenemos sexo?

–No, porque no tenemos sexo. Esto es algo más.

Aquello era algo más. Se dio cuenta de que no podía seguir manteniendo el engaño y se sintió avergonzada por haberlo llevado tan lejos. Debía contarle la verdad.

Sonó el móvil de Shane, que estaba en la mesilla de noche, y Darci perdió el valor.

–Contesta –ella apartó la ropa de cama y se levantó.

–Darci, espera.

–Vuelvo enseguida –agarró el vestido y se lo echó sobre los hombros mientras se dirigía al cuarto de baño. Al entrar se miró al espejo. Debía elegir entre mentir a Shane o acostarse con él. No soportaba hacer las dos cosas.

¿Su padre o Shane? Tenía que ser su padre. Era su familia y le debía lealtad. Pero eso significaba terminar con Shane.

–¿Cómo? –oyó que Shane decía con brusquedad. Estaba sentado en el borde de la cama, dándole la espalda, y tenía los hombros rígidos.

–¿Estás totalmente seguro? –preguntó en un tono glacial.

Darci se preguntó si había perdido el contrato con Beaumont. Debiera alegrarse de que el imperio Colborn acabara de esa manera, tras perder los contratos de Gobrecht y Beaumont, pero era incapaz desear mal alguno a Shane.

Iba a decirle la verdad.

–Tienes diez segundos –dijo Shane apareciendo en la puerta del baño. Se había puesto unos pantalones de chándal–. Diez segundos para explicarme por qué Darci Rivers se acuesta con Shane Colborn.

Un frío glacial se apoderó de ella. Él esperó, pero ella era incapaz de pensar ni de hablar.

–Tengo que reconocer tu dedicación –dijo él mientras observaba su cabello despeinado y sus piernas desnudas. Ella se las tapó con el vestido.

–Es un poco tarde para la modestia –observó él.

–No pretendía…

–¿El qué? –dio una paso hacia ella–. ¿Mentirme?

–Claro que iba a mentirte, pero no creí que te conociera en persona.

–Estuviste en mi casa y trabajas en mi empresa.

–Necesitaba buscar una cosa –tragó saliva.

–¿Los planos imaginarios de tu padre?

–¿Los has quemado?

–No, no existen.

–Claro, lo que tú digas.

Era esperar demasiado que fuera a ser sincero. Pasó a su lado para recoger sus cosas y marcharse. Él no la detuvo, y la siguió al dormitorio.

–Tu padre se inventó esa historia, Darci. Solo quería dinero.

–Debiera haberlo sabido.

–¿El qué?

Ella lanzó una fría risa mientras buscaba la ropa interior.

–Que tu familia habría destruido las pruebas hace tiempo.

–No había pruebas que destruir.

Se olvidó de la ropa interior y se puso el vestido sobre el cuerpo desnudo. Se volvió hacia él.

–No hace falta que me despidas: dejo el trabajo.

–Sí, supongo que estás despedida. ¿Cuánto llevas trabajando para mí?

–Menos de un mes.

–¿Justo desde antes de la fiesta?

Ella cerró los ojos, los abrió y lanzó un profundo suspiro.

–Vale, has ganado.

–¿Así que la bodega, el pendiente y todo eso era un medio para introducirte en los archivos?

–Encontré las cajas, pero no pude volver a echarles un vistazo.

–¿Te dan miedo los perros? ¿O eso también era mentira?

–Me dan miedo. Muchas cosas no eran mentira, Shane.

–Por eso me preguntaste por el sistema de seguridad.

–La información me la proporcionaste tú solo.

–Conseguiste el trabajo para poder fisgonear en la sede de Colborn Aerospace –Shane miró la cama revuelta–. Y te acostaste conmigo para entrar en la mansión. Menudo elemento estás hecha.

–No me he acostado contigo para obtener información. Intenté no hacerlo.

–¿De verdad crees que mi empresa oculta los planos originales de la turbina de tu padre?

–No, creo que los ha destruido.

–¿Por qué iba a haberlo hecho?

–Por dinero, Shane.

–Tenemos mucho dinero. Lo compartiríamos contigo si tuvieras derecho a una parte. Tu padre mintió o sufrió un delirio. Bebía, ¿verdad?

–Ni se te ocurra decir que mi padre era un loco borracho. ¿Es esa tu estrategia de defensa?

–Tu padre tenía envidia del mío. Si no se hubiera marchado de la empresa…

–Querrás decir si tu padre no se hubiera marchado con la propiedad intelectual del mío.

Se hizo un silencio.

–Ya veo que te convenció.

–No me dijo ni una palabra. Me enteré por casualidad, tres meses después de su muerte.

–Muy bien, si tan segura estás de las existencia de esos planos, ve al sótano de mi casa o a mi despacho. Te dejo que los busques donde quieras. Podemos empezar ahora mismo. Vamos a la mansión y echamos un vistazo antes de que tenga tiempo de alterar las supuestas pruebas.

Era demasiado bonito para ser verdad.

–¿Por qué lo haces? –preguntó ella, recelosa.

–Porque no soy un mentiroso.

Ella parpadeó con fuerza, dio media vuelta y se puso a buscar el resto de sus cosas.

Capítulo Nueve

La bodega resultó ser el mejor lugar para revisar los archivos. No era el que Shane hubiera elegido, ya que le traía recuerdos de la primera noche allí con Darci, pero estaba cerca de la habitación donde se guardaban los archivos y disponía de cómodas sillas y de una mesa, en la que Darci estaba clasificando las hojas en distintos montones mientras Shane hablaba por teléfono con Justin.

–Desde el punto de vista legal –dijo este– no hay que pagar indemnización si el despido se debe a la falta de trabajo. Solo tienes que avisarlos con dos semanas de antelación.

–No quiero que haya despidos. ¿No podemos trasladar a los empleados a otro sitio?

–¿Adónde?

–Se me ha ocurrido una idea. Como hemos perdido el contrato con Gobrecht, podemos construir cuarenta aviones para el mercado privado. Con la mejora de la economía de los países asiáticos, ese segmento del mercado está creciendo.

–¿Ya tienes compradores?

–No, aún no.

–¿Cuarenta aviones sin compradores? Llevarás la empresa a la quiebra.

–Tranquilízate, eso no sucederá.

–No puedes hacerlo, Shane.

–Sé que será caro.

–Eso es quedarse corto. ¿Quién, con dos dedos de frente, va a financiar esa operación? No, Shane, no puedo dejar que lo hagas. Si hay que despedir al cincuenta por ciento de la plantilla, se la despide. Así son las cosas. Es de esperar que lleguen nuevos contratos y que puedas volver a contratarla. Pero si te arriesgas y pierdes, todo el mundo perderá el empleo. No les harías ningún favor.

–Se lo haría si conseguimos vender los aviones privados. Se tarda dos años en construirlos. Probablemente los venderemos mientras tanto –Shane notó que Darci lo miraba.

–¿Y si no se venden?

–Se venderán.

–Eso no es forma de dirigir una empresa.

–Es la forma en que yo la dirijo. Incorporaremos avances tecnológicos en las cabinas, más comodidad para dormir y más espacio entre los asientos. La tecnología y la comodidad son el futuro. Tuck y Dixon me han abierto los ojos. Dixon puede ayudarnos a venderlos. Hay mucha gente como yo, Justin, gente que no se ha planteado comprar un jet privado y que no sabe lo que se pierde.

Darci emitió un sonido inarticulado, que podía haber sido una tos o una risa. Shane no podía dejar de mirarla. Tapó el teléfono con la mano.

–Hay muchas empresas que se pueden permitir un jet privado –le dijo.

—Muchas —se burló ella.

—Es muy arriesgado —insistió Justin.

—No voy a despedir a ochocientos trabajadores. Nos interesa conservarlos. Algunos tienen capacidades muy específicas.

—Al menos podríamos proteger la mansión.

—Si pierdo la empresa, me tendré que deshacer de ella —observó Shane riendo.

—Esto no es una broma. Voy para allá.

—No vengas esta noche. Pensándolo mejor, ven.

Le vendría bien su apoyo moral y le convenía distraerse, ya que parecía que le daba igual que Darci lo hubiera mentido y traicionado. Le seguía pareciendo preciosa, sentada en la bodega y leyendo atentamente folio tras folio. Seguía siendo la mujer más sexy del mundo.

—Llegaré dentro de una hora —dijo Justin.

Shane se guardó el móvil en el bolsillo.

Durante unos minutos, Darci siguió clasificando los documentos.

—¿Tienes sed? —preguntó él.

—No, estoy bien.

—Pues yo sí.

—¿Tu nueva estrategia se debe al contrato de Beaumont?

—No del todo. Beaumont sigue siendo una posibilidad, pero sin el contrato de Gobrecht, tendremos que cerrar una de nuestras fábricas. Quiero cambiar los objetivos para que construyamos jets más pequeños para el mercado privado.

—¿No puedes hallar un contrato sustitutivo?

–Tan deprisa no –buscó una botella y la sacó–. Y viajar en un jet privado me ha gustado. Y no solo desde el punto de vista del lujo. El motor Colborn ahorra tiempo y energía y mejoraremos la comodidad de las cabinas de otros fabricantes.

–¿Todo esto es porque quieres tener un jet privado?

–Así se me ocurrió la idea. El primero que salga de fábrica será para mí –volvió a poner la botella en su sitio y buscó otra.

–Podrías construir solo uno.

–No sale a cuenta.

–O comprárselo a otra empresa.

–En efecto, pero ochocientas personas se quedarían sin trabajo.

–¿Es muy arriesgado?

–¿Lo dices por ti?

Ella lo miró, perpleja.

–¿Te preocupa que tus teóricas perspectivas financieras disminuyan?

–Sí, exactamente.

–El riesgo en enorme, pero no he dejado huella en la empresa. Mi padre la concibió y la fundó y yo me he limitado a cuidarla desde que murió.

–¿Y eso te molesta?

–Ayer te hubiera dicho que no, pero creo que sí.

–¿Te llevabas bien con tu padre?

–Sí, aunque es probable que no te guste oírlo, ya que es el malo de tu película.

–¿De mi película? ¿Te refieres a la verdad?

–No éramos amigos, ni nada similar –dijo él sin

hacer caso de su sarcasmo–. Era un hombre serio y trabajador. Me enseñó casi todo lo que sé del negocio.

–¿Salvaría él ochocientos puestos de trabajo?

–Es difícil saberlo.

–Creo que lo sabes.

–Lo único que sé es que voy a intentarlo.

Miró la etiqueta de la botella que acababa de agarrar. Era un *chateau marcess,* uno de los preferidos de su padre. Sorprendido por la paradoja, llevó la botella a la mesa. Mientras ella seguía examinando los archivos, la descorchó y sirvió dos copas.

–Háblame de tu padre –dijo Shane mientras se sentaba frente a ella y le daba una de las copas.

–Era estupendo.

–¿Qué tenía de estupendo? –preguntó él dando un sorbo de vino, después de haberlo aireado.

–Estos archivos son un lío –dijo ella poniendo un papel en uno de los diez montones apilados.

–Tienen cuarenta años.

–¿Nadie se sabía el alfabeto por aquel entonces? –algo pareció llamar su atención. Shane vio que era una fotografía.

–¿Quién es?

–Mi padre, y supongo que el tuyo –le pasó la foto.

Los dos hombres posaban frente a un almacén. Estaban agarrados del brazo y sonreían. Debían de tener poco más de veinte años.

–Parecen contentos. ¿Sabes qué les pasó?

–Tu madre se marchó y tu padre se deprimió y

perdió el interés por el trabajo, por lo que cerraron la empresa.

–¿Eso es lo que te contaron? –preguntó ella con el ceño fruncido.

–¿Cómo te lo contaron a ti?

–No me lo contaron. No sabía nada hasta que hallé una carta que mi padre había escrito y que no mandó. En mi infancia, mi padre echaba pestes cada vez que se cruzaba con el nombre de Colborn. Dalton era, para él, el diablo personificado. Creía que lo había traicionado.

Shane puso otra caja en la mesa y la abrió.

–¿Qué haces?

–Buscar pruebas. Es una espada de doble filo. Hay la misma probabilidad de que el contenido de estas cajas refute tu teoría que de que la demuestre.

–No la hay. Conocía a mi padre. No se deprimió porque mi madre se fuera, sino porque tu padre lo traicionó.

–No me has dicho por qué era una persona estupenda.

–En realidad, no creo que te importe.

–Me importa.

–¿Por qué?

–Por la lealtad que le demuestras.

–Era mi padre.

–Va más allá: por él, has mentido, has robado y te has acostado conmigo.

–No te he robado nada.

–Pero lo has intentado. ¿Qué clase de hombre hace que una mujer corra semejantes riesgos?

–Me crio. Mi madre se marchó, pero él se quedó conmigo. Aunque no tuviera mucho dinero, no me faltó ropa ni comida ni un techo. Me leía por las noches y se quedaba a verme patinar. Aunque estuviera luchando contra la depresión, me cuidó.

–¿Dónde vivías?

–En el sur de la ciudad.

–Pero fuiste a la universidad de Columbia. ¿O eso también es mentira?

–No es mentira.

–Me alegro.

–Solo te he mentido cuando tenía que hacerlo. Y lo he hecho por una buena causa.

–¿Por dinero?

–Por justicia y la reparación del buen nombre de mi padre.

–Y por dinero. Sabes que eso supondría mucho dinero.

–Eso me da igual.

–Perdona que sea escéptico al respecto.

–Escúchame, Shane –dijo ella dando un puñetazo en la mesa–. Si mi familia recibe dinero, estará justificado. No voy a disculparme por ello.

–Tienes una gran familia para compartirlo, ¿no?

Ella lo fulminó con la mirada.

Shane no se hacía a la idea de que fuera una embaucadora, pero no podía dejar que los sentimientos le empañaran el juicio. Darci le había mentido desde el primer momento, y no iba a consentir que sus ojos verdes, sus labios carnosos y sus senos perfectos lo volvieran idiota.

Darci sabía que Shane no se fiaba de ella, pero le daba igual. Lo único que quería de él era que la siguiera dejando examinar los archivos de la empresa. Sabía que corría riesgos acostándose con él, pero no esperaba sentir tanta desolación cuando la relación se acabara.

Justin entró en la bodega e inmediatamente se fijó en las cajas y los archivos.

–¿Qué demonios…? –preguntó mirando a Shane y a Darci alternativamente.

–Hola, Justin –dijo Shane.

–¿No sabía que estaba aquí? –preguntó Darci a Shane.

–¿Por qué iba a saberlo?

–¿Qué pasa? –inquirió Justin,

–Estamos examinando los archivos históricos –dijo Shane.

–¿Has perdido el juicio? ¿No te he dicho que es Darci Rivers? Su padre era un lunático paranoico.

–¿Perdona? –dijo Darci.

–Lleva semanas mintiéndote –observó Justin sin hacer caso de Darci–. ¿Y dejas que mire los archivos? ¿Quién sabe lo que irá a hacer? Puede destruir documentos o introducir otros falsos.

–Darci, ¿vas a introducir documentos falsos en los archivos?

–No, solo busco la verdad.

–La verdad es que tu padre era un mentiroso o un loco –afirmó Justin–. Shane, no la dejes sola con ellos.

–Tampoco yo voy a dejaros solos con ellos –apuntó Darci. Si aún no habían destruido las pruebas de su padre, podían hacerlo.

Justin se rio porque creía que ella no tenía poder para hacer nada. Pero claro que tenía.

—¿Qué te parece que se publique un libro escrito por la hija del hombre al que engañó Colborn Aerospace?

—Eso es absurdo. Te demandaríamos por libelo. Demostraríamos que mientes.

—¿Como demostramos que Bianca mentía? —intervino Shane.

—Eso es diferente.

—Es exactamente lo mismo —afirmó Shane. Se volvió hacia Darci—. ¿Lo harías?

—Desde luego —lo dudaba, pero quería a su padre y haría cualquier cosa por él o por su memoria.

—Entonces, ¿qué propones? —preguntó Shane.

—Buscamos juntos. Yo no me fío de vosotros ni vosotros de mí.

—¿Las veinticuatro horas del día y los siete días de la semana?

En el momento en que ella se marchara, ellos podrían hacer lo que quisieran con los archivos.

—Sería el único acuerdo factible.

—Eso significa que te quedarás.

—Pero no voy a dormir contigo.

—Te ofrezco la habitación de invitados.

Ella miró todas las cajas que quedaban. ¿Cuánto tardaría en revisarlas todas? ¿Un día?, ¿dos?

—Me quedaré el tiempo que haga falta. No tengo un empleo al que deba volver.

–La he despedido –dijo Shane a Justin.

–Me he despedido –lo corrigió ella.

–¿Por qué se lo consientes? –preguntó Justin.

–Cree tener razón.

–Tengo razón –afirmó ella, enojada.

–Entonces, ¿a qué ha venido el engaño? ¿Por qué no fuiste con la verdad por delante?

–Porque no soy tonta. Porque si desconocíais la existencia de los planos, os hubierais enterado. Porque Dalton estafó a mi padre. Y porque los Colborn no son de fiar.

–Tú, en su lugar, ¿qué harías? –preguntó Shane a Justin.

–No piensas con claridad. Estas corriendo riesgos innecesarios.

–Tal vez, pero ya no importa. Otro libro como el de Bianca nos destruiría.

Darci estaba avergonzada. Justin no creía que fuera mejor que Bianca, y Shane debía de pensar lo mismo. Si no encontraba los planos de su padre, acabaría pensándolo. Pero no debiera importarle su opinión. Debía centrarse en su búsqueda.

–Se impone un descanso. Subamos arriba para hablar de cómo nos organizamos.

Darci consultó su reloj. Eran casi las diez de la noche. Se levantó.

–Tengo que llamar a Jennifer.

Justin salió primero, Darci lo siguió, y cuando pasó al lado de Shane, este murmuró:

–Tal vez pueda traerte ropa interior.

Estaba desnuda bajo el vestido, y ambos lo sabían.

–Nada de insinuaciones sexuales –advirtió ella.

–No hablar no va a hacer que dejemos de pensar.

–Esto no va a funcionar si me provocas.

–No va funcionar en ningún caso.

Darci deseó poder decirle que se equivocaba, pero estar encerrada con Shane todo el tiempo que tardaran en examinar cincuenta cajas de archivos sería insoportable.

Darci dejó caer al suelo de la bodega la vigésimo sexta caja de archivos. No había hallado nada que indicara que el invento de su padre había sido robado. Hacía tiempo que Shane había dejado de examinar los documentos y una docena de sus empleados había entrado y salido para ofrecerle información y consejo mientras estudiaba asuntos y problemas de la empresa.

Shane pasaba la mayor parte del tiempo con Justin trabajando en el contrato con Beaumont o en el proyecto de fabricación de jet privados. Cada vez que Justin le sugería que redujera el número de empleados de Colborn Aerospace, Shane se mantenía firme en su negativa. No estaba dispuesto a realizar despidos. Darci no podía evitar sentirse orgullosa de sus convicciones.

–De nuevo Riley Ellis –dijo Justin al entrar en la bodega. Se sentó frente a Shane.

–¿Qué le pasa ahora a ese hombre?

–Está ofreciendo trabajo a tus empleados.

–¿A cuáles?

–A los técnicos, sobre todo, pero también a los ingenieros, con aumento de sueldo, más vacaciones y mejores prestaciones.

–¿Cómo puede permitírselo? Hasta hace poco tenía un centenar de empleados, y ahora intenta conseguir contratos internacionales.

–Se ha asociado con Zavier Tac para competir con nosotros por esos contratos.

–¿Y qué saca Zavier Tac asociándose con Ellis?

–No lo sé. Intentaré averiguarlo.

–Y averigua también lo que nos costará conservar a nuestros empleados.

–No puedes conservarlos.

–¿Cómo que no puedo? Tengo que hacerlo. No puedo sustituirlos.

–Si les subes el sueldo, tendrás que subírselo a todos los demás. El coste sería muy elevado.

–Ofréceles que la empresa pague la comida –intervino Darci.

–¿Cómo?

–Sé que no es un problema en la planta de los ejecutivos, pero los trabajadores de la planta industrial y los de la de montaje no tienen un sitio para salir a comer.

–Tenemos cafeterías –observó Shane.

–Subvencionadas –apuntó Justin.

–Exactamente. Por eso no costaría mucho que la comida fuera gratis, ofrecer la calidad y variedad de un restaurante. Y algo de entretenimiento: mesas de ping pong, videojuegos…

–¿Has perdido el…?

–Déjala hablar, Justin.

–Haz que tus empleados se sientan valorados. La comida es el tema principal del que se habla en la fuente de agua refrigerada. Forma un comité de empleados para diseñar nuevos menús y planes recreativos. Podrías hacerlo mañana mismo.

–¿Por qué me propones esto? –preguntó Shane.

–No lo sé –sinceramente, no lo sabía–. Me da pena veros intentar dirigir una empresa tan grande los dos solos.

Justin puso los ojos en blanco, pero Shane se esforzó en no sonreír.

–No es mala idea.

–Tiene que haber truco –apuntó Justin–. No estás de nuestro lado.

–Estoy del lado de Colborn Aerospace –Darci se negaba a reconocer que estaba perdiendo la esperanza de encontrar pruebas de las afirmaciones de su padre–. En alguna de estas veinticuatro cajas que me quedan se halla la prueba que necesito para recibir lo que me corresponde.

–Hazlo –dijo Shane a Justin–. Habla con los encargados de planta y anúncialo mañana.

–Vaya –dijo una voz desde un rincón de la bodega.

Todos miraron a David, uno de los ayudantes de Shane, que acababa de hablar por teléfono.

–Bianca ha vuelto a salir en el programa de Berkley Nash.

–¿Qué ha dicho? –preguntó Justin.

–No me lo digas –Shane levantó las manos para impedir hablar a David–. No voy a malgastar más tiempo con esa mujer. Ve el vídeo esta noche, apunta lo que sea absolutamente imprescindible que sepa y me lo traes mañana.

–De acuerdo –dijo David levantándose.

–Vuelvo contigo a la ciudad –dijo Justin imitándolo.

–¿Estás bien? –preguntó Darci cuando ambos se hubieran marchado.

–No –respondió Shane.

–No me cae bien Bianca Covington.

–A mí tampoco. Y tampoco me gusta pelearme contigo.

–Es difícil no hacerlo cuando estamos en bandos opuestos.

–Me gustaría que estuvieras de mi lado –afirmó él sonriendo con tristeza.

–Y a mí que tú estuvieras del mío.

Se miraron.

Ella deseaba abrazarle y decirle que todo saldría bien. Y que él le dijera lo mismo. Y hallar la forma de solucionar las cosas juntos.

El móvil de Shane sonó.

–¿Sí? ¿Qué? ¿Estás seguro? –se pasó la mano por el cabello–. Está mintiendo.

Se levantó y se aproximó a una de las paredes de la bodega, a la que dio un puñetazo.

–Sí, mañana entonces.

Cuando hubo acabado de hablar, lanzó una maldición.

–¿Era sobre Beaumont? –preguntó Darci.

–Han visto la entrevista de Bianca.

–¿Han anulado el contrato?

–Esperamos que lo hagan mañana.

–¿Qué ha dicho ella? Da igual –no era asunto de su incumbencia–. Sea lo que sea, ha arruinado tu reputación profesional. Y te será difícil recuperarla.

–¿Te burlas de mí?

–¿Cómo? –preguntó ella, confusa.

–¿No estás señalando la irónico que resulta que creas que mi padre destruyó al tuyo y que ahora el destino se haya vuelto en mi contra?

–No he dicho eso –ni siquiera lo había pensado. Tiempo atrás, sí lo había hecho, pero en aquel momento solo sentía compasión por él. No se merecía lo que Bianca le estaba haciendo. Era propio de alguien mezquino e injusto.

Y, entonces, tuvo una idea. Era radical y probablemente estúpida, pero ella, en aquel momento, era la persona más indicada para hacer comentarios en público sobre Shane Colborn. No tenía mucho que perder.

Capítulo Diez

El jueves, a media mañana, Darci desapareció de la bodega. A Shane le sorprendió, ya que ella no estaba dispuesta a que él examinara los archivos sin estar presente. Hubiera reflexionado más sobre el asunto de no haber estado muy nervioso por el contrato con Beaumont.

Iban a ser las cuatro de la tarde y estaba a punto de dirigirse a la habitación de invitados cuando Justin irrumpió en el salón.

–¿Dónde hay un televisor?

–Ahí, ¿por qué?

–Canal treinta y siete, Berkley Nash.

–No me digas que es Bianca otra vez.

–No, Bianca no. Darci.

Justin buscó el canal con el mando a distancia.

Ahí estaba Darci, muy guapa con un vestido blanco y negro. Shane estaba furioso.

–Decía usted –apuntó Berkley Nash– que Dalton Colborn le robó el invento a su padre.

–Decía que las dos familias no se ponen de acuerdo acerca de quién posee la propiedad intelectual original.

–Pero usted cree que robaron los planos de la turbina de su padre.

–Mi padre afirmaba que su antiguo socio, Dalton Colborn, se había apropiado de uno de sus inventos.

–Y Shane Colborn le responde con evasivas.

Darci sonrió y respiró hondo.

–Aunque Shane Colborn no está de acuerdo con mi opinión sobre ese tema, según lo he ido conociendo, me he dado cuenta de que es un profesional íntegro.

–¿No está de acuerdo con usted?

–No. Y buena prueba de su honradez y sus principios es que me ha dado acceso sin ningún tipo de restricciones a los archivos de la empresa.

–¿Qué está haciendo? –preguntó Shane.

–¿Diría usted que lo conoce bien? –preguntó Berkley.

–Creo que trata de ayudarte –respondió Justin, claramente desconcertado.

–Muy bien –contestó Darci.

–Entonces, ¿tiene usted una relación personal con Shane Colborn? Supongo que eso habrá influido en que le haya dado acceso libre a esa información.

–No tengo una relación sentimental con él, si se refiere a eso –respondió Darci.

–Vamos, señorita Rivers, sea sincera con los telespectadores. Por lo que se dice, Shane Colborn solo tiene una clase de relaciones con las mujeres guapas.

–¿Es en directo? –preguntó Shane.

–Le seré sincera. Estuve espiando a Shane varias semanas, trabajando de incógnito en Colborn Aerospace. Cuando descubrió el engaño, en vez de despedirme, se ofreció a ayudarme.

–Entonces, ¿no se acuesta con Shane Colborn?

–No.

–Perdone, señorita Rivers –dijo Berkley, claramente molesto por la dirección que había tomado la entrevista–, pero después de lo que hemos sabido por Bianca Corvington, resulta difícil creerse esta historia de hombre caballeroso que nos cuenta.

–Yo no describiría a Shane Colborn solo como un caballero.

–¿Cómo lo describiría?

–Como un empresario íntegro y profesional. Bianca Covington y otras amantes despechadas pueden tratar de manchar su reputación, pero, como antigua empleada de Colborn Aerospace y como persona enfrentada a Shane Colborn, debo reconocer que lo respeto como persona y como consejero delegado de su empresa.

–¿Cree que Bianca Covington lo ha denigrado?

–Creo que es una mujer despreciada.

Berkley sonrió, claramente encantado con el giro de la conversación.

–Es probable que Bianca Covington tenga algo que decir al respecto.

–Supongo, pero dudo mucho que intente algo contra mí.

–¿Por qué?

–Porque mi nombre en la cubierta de un libro

escandaloso no vendería tantos ejemplares como el de ella.

–Debiéramos pagarle –dijo Justin.

–¿La está acusando de libelo? –preguntó Berkley.

–Solo digo que Shane Colborn es un caballero, y por eso no la acusa de mentir.

–¿Y la poesía? Me refiero a la que recita en la cama.

Darci se estremeció levemente y Shane se puso tenso.

–A cada cual, lo suyo –contestó Darci–. Yo prefiero champán, velas y largos paseos por la playa.

–Que tomen nota los solteros de Chicago –apuntó Berkley mirando a la cámara.

La música subió de tono y la cámara se fue alejando de él.

–Voy a hablar con Beaumont –dijo Justin.

–¿Por qué lo habrá hecho? –preguntó Shane, más a sí mismo que a Justin.

–Porque era injusto –la voz de Darci los llegó desde atrás.

Shane se giró, la vio e inmediatamente se puso de pie.

–¿Por qué lo has hecho?

–Porque lo que te ha hecho Bianca es injusto.

–Muchas cosas lo son.

Ella avanzó unos pasos hacia él.

–No iba a consentir que ochocientas personas se quedaran sin trabajo.

–No era problema tuyo.

Ella se encogió de hombros.

–No sé cómo…

–¿A qué vienen tantas preguntas? –intervino Justin–. Nos ha salvado.

–No me lo creo –respondió Shane.

–¿Qué es lo que te creerías? –preguntó ella.

–La verdad.

–Puede que yo sea una persona íntegra –apuntó ella.

–No, esa no puede ser la respuesta –dijo él, pero sonrió.

–Pues es la mejor explicación que vas a conseguir.

Shane quería creerla.

–Voy a poner una conferencia a Beaumont –afirmó Justin–. ¿Te parece bien levantarte mañana a la hora europea? –preguntó a Shane.

–Lo que tú me digas.

–Te llamo luego.

Shane apenas se dio cuenta de que el abogado se marchaba, ya que seguía mirando fijamente a Darci.

–Te debo una.

–Solo hay una cosa que quiero de ti –observó ella con una triste sonrisa.

–Pues desearía que fueran dos –afirmó él sin poder contenerse.

Ella cerró los ojos durante unos segundos, pero él se le aproximó.

–¿No hay nada más que desees de mí? ¿Nada en absoluto? Dime que no, o dime, en una escala del uno al diez, qué mal nos haría volver a hacer el amor.

Ella abrió los ojos, esos ojos verdes que parecían comprender lo más profundo de su alma, y Shane se dio cuenta de lo mucho que la había echado de menos.

–Un ocho –susurró Darci.

Era un número alto, pero él no estaba dispuesto a darse por vencido.

–En una escala del uno al diez, ¿cuántas ganas tienes de hacerlo?

–Un diez.

–Yo, un once.

–Ahí tenías que ganarme, ¿no?

–Es que te gano en ese aspecto –afirmó él tomándola suavemente de la mano–. Porque, si me desearas tanto como yo a ti, estaríamos en mi cama.

–Aún no la he visto.

–Es una cama estupenda. Compré la mejor. Debieras probarla –se aproximó más a ella, hasta que sus muslos se rozaron.

–No es buena idea –susurró ella.

–Me da igual –afirmó él tomando su rostro entre las manos. Se inclinó hacia ella lentamente, dándole tiempo de salir corriendo. Pero ella no lo hizo, y la besó.

Le introdujo la mano en el cabello y ella lo atrajo hacia sí. Era tan natural que él la abrazara...

Se oyó una voz distante, y Shane recordó que no estaban solos.

–Vamos –susurró en los labios de ella, y la empujó con la mano que tenía en su espalda hacia la escalera.

Ella lo siguió sin decir palabra y subieron.

–Realmente vamos a hacerlo.

–Sí, y está bien –contestó él besándola en la sien.

–No me fío de ti.

–Lo sé, pero sabes que soy escrupulosamente justo.

–¿Y qué pasará si hallo las pruebas?

Habían llegado a la primera planta y él le señaló unas puertas abiertas.

–Ese es mi dormitorio –le puso las manos en la cintura y la guio dentro–. Lo demás puede esperar.

–¡Ay, Shane! Esto no tiene sentido.

–La vida no suele tenerlo.

Él la tomó en brazos de repente y ella ahogó un grito antes de relajarse contra su pecho. La besó en la boca mientras avanzaba. No había necesidad de encender la luz. Una luz crepuscular entraba por las ventanas, y él conocía la habitación al dedillo.

La dejó en el suelo, maravillado de que estuviera en su habitación. Le tomó el rostro entre las manos y ella sonrió. Tenía las mejillas rojas y los labios entreabiertos.

–Eres increíblemente hermosa.

Un ventilador giraba lentamente sobre la cama con dosel, cubierta por una colcha gris.

La besó con toda la pasión que sentía y la abrazó, levantándola del suelo. Quería seguir besándola eternamente. Muchas veces, en aquella habitación, había deseado que ella estuviera allí. Y allí estaba. Y volvía a ser suya.

Ella le desabotonó la camisa y la punta de sus dedos dejó un rastro de calor en su piel. Tenía las manos pequeñas y sus caricias eran delicadas. Se deleitó en ellas y cerró los ojos para concentrarse en la sensación.

Impaciente, buscó la cremallera de la espalda del vestido de ella y se la bajó. Se moría de ganas de desnudarla y de verla y acariciarla completamente desnuda. Ella le sacó la camisa de los pantalones y se la quitó. Después le acarició el pecho y levantó los brazos para que él le quitara el vestido, que dejó caer al lado de la camisa.

Él se echó hacia atrás para contemplar sus hombros desnudos, el sujetador de encaje, las braguitas de satén y los zapatos de tacón.

–Me resulta increíble que estés aquí.

–¿He tardado mucho? –bromeó ella.

–Sí. Llevo esperándote toda la vida.

Le bajó un tirante del sujetador y le besó el hombro. Le quitó la prenda y la dejó junto al vestido. Tomó un seno entre sus manos y sintió el duro pezón en la palma.

Ella gimió y lo besó con pasión. Sus lenguas se enredaron mientras ella le desabrochaba los pantalones. Él, deseoso de ayudarla, se quitó los zapatos y, en cuestión de segundos, estaban desnudos y tumbados en la cama. Las fantasías de él se habían cumplido. Ella estaba de verdad allí.

Se colocó sobre ella y admiró su hermoso rostro

mientras se situaba entre sus piernas. Sus labios se unieron y él sintió que su corazón se elevaba, una sensación desconocida hasta entonces con ninguna otra mujer.

Pronto, los besos fueron insuficientes y él la acarició todo el cuerpo. Ella gimió mientras lo acariciaba a su vez. Él buscó un preservativo y la agarró de las caderas para levantárselas.

–Sí –susurró ella, que se agarró a sus hombros con fuerza y le enlazó las piernas a las caderas. Su centro húmedo y caliente acogió su masculinidad, y el mundo pareció estar en perfecta armonía.

–Te he echado mucho de menos –susurró él.

–Yo me he vuelto adicta a ti –susurró ella antes de besarlo.

El deseo de él se intensificó con tanta rapidez que casi lo asustó. Tenía que controlarse para que aquello durara.

Rodó sobre sí mismo para tumbarse de espaldas. Después se sentó y ella lo hizo a horcajadas sobre él, que la miró a los ojos, brillantes de deseo.

El mundo se detuvo, al igual que la respiración de Shane y el latido de su corazón. No podía dejar que Darci se fuera, sucediese lo que sucediese. Le pertenecía.

–¿Estás bien, Shane?

–Perfectamente –le agarró los senos.

–Sí –dijo ella al tiempo que comenzaba a moverse al ritmo de él, cada vez más deprisa–. No pares, por favor –lo abrazó con fuerza.

Shane no podía seguir controlándose. Entonces, ella gritó y él se dejó ir. Los corazones de ambos latían a toda velocidad y los dos jadeaban. Ella cayó sin fuerzas en sus brazos.

—¿Estás bien?

Ella asintió contra su hombro.

—Eres increíble —afirmó él mientras la apretaba contra sí.

—Le doy un ocho —afirmó ella con la voz entrecortada.

—¿Solo un ocho? —preguntó él sin saber cómo tomárselo.

Ella captó la preocupación en su voz, ya que se echó a reír.

—Un ocho en una escala de inteligente a estúpido del uno al ocho.

Él la abrazó y la besó en el hombro.

—Entonces, no te referías al sexo.

—Al sexo le doy un once, Shane.

—Yo, un doce.

—Siempre tienes que ganarme.

—Eres tú la que me has ganado —afirmó él mientras le retiraba un mechón de la mejilla. La besó—. Me alucinas. No sé qué hacer con esto.

Darci se despertó en los brazos de Shane, que estaba acurrucado en su espalda y respiraba profundamente. Por la luz que entraba, ella dedujo que serían las seis de la mañana.

La noche anterior no se había fijado, pero el dormitorio era enorme. La cama se hallaba frente

a la chimenea de piedra blanca. Y tenía un pequeño balcón.

Él la apretó contra sí y le besó el hombro.

–Buenos días –dijo con voz soñolienta.

–Buenos días –ella se dio la vuelta para verlo–.
Qué buena cama tienes.

–Pues quédate.

–Claro, ¿por qué no? –preguntó ella sonriendo–. Un momento, hay toda una lista de razones
en contra.

–Voy a ayudarte.

–¿A escribir la lista?

–A encontrar los planos.

–Creí que ya lo estabas haciendo –Darci se sentó en la cama y se volvió a mirarlo–. ¿Me has ocultado algo?

–No te he ocultado nada –Shane se incorporó
para sentarse a su lado–. Tranquilízate, pero sigo
pensando que te equivocas. No voy a dejar piedra
sobre piedra. Te enseñaré todo lo que quieras ver y
te llevaré adonde quieras ir. Y cuando no hallemos
las pruebas, tendrás que creerme.

–Parece que esperas que te lo agradezca.

–No, de lo que se trata es de averiguar la verdad.

–Ya la sé.

Él la abrazó por las caderas y la volvió a tumbar.

–Eres la mujer más testadura que he conocido.

A ella le gustaba estar en sus brazos. Se sentía
bien. Y cuando él la besó, ella le devolvió el beso,
que se hizo apasionado al cabo de unos segundos.

De pronto, él se detuvo.

–Tenemos que trabajar. Tengo que llamar a Justin para saber qué le han dicho los franceses y tú tienes que revisar más archivos.

–Ya lo sé, pero creí…

–Más tarde –apuntó él con una sonrisa de satisfacción.

–¿Más tarde?

–Supongo que querrás dormir esta noche en esta cama.

–Desde luego. No creo que haya acabado de revisar todos los archivos.

–Espero no tener que irme a Francia.

–¿Crees que tendrás que hacerlo? –no le haría ninguna gracia, pero había aprendido mucho sobre Colborn Aerospace en los días anteriores y entendía lo importante que era aquel contrato para la empresa.

–Vamos a averiguarlo –Shane agarró el móvil para hacer una llamada–. Deberías venir conmigo.

–No voy a ir a Francia –dijo ella, a pesar de lo tentadora que le resultaba la propuesta.

–¿Por qué no?

–Tengo trabajo.

–Pero no tienes empleo. Recuerda que yo estaba allí cuando te despidieron.

Ella lo golpeó con la almohada.

–Me despedí yo.

–Mentiste a tu jefe.

–Mi jefe es un farsante.

–Hola –dijo Shane cuando respondió a su llamada–. Estoy contento –añadió mirando a Darci.

Ella se sonrojó. Justin no tardaría en atar cabos.

–¿Ah, sí? –prosiguió Shane–. Qué sorpresa –apretó la mano de Darci–. Más tarde –añadió antes de colgar.

–¿No han anulado el contrato? –preguntó Darci.

–Van a firmar.

–Pero, de todos modos, ¿vas a centrarte en el mercado de los jets privados? Diversificar el negocio es buena idea.

–Ya veo que me aconseja qué hacer en mi empresa una diosa desnuda.

–No eres machista, ¿verdad?

–En absoluto, pero me pregunto en qué me he equivocado para mantener esta conversación en la cama. ¿Me estaré volviendo un viejo aburrido?

–¿Quieres volver a la poesía del siglo XVIII?

La expresión del rostro masculino cambió, y ella se preguntó si no habría ido demasiado lejos.

–Está claro que no eres Bianca –apuntó él en voz baja.

–Supongo que eso es bueno.

Shane dejó el teléfono y volvió a abrazarla por la cintura al tiempo que la tumbaba.

–Todo en ti es bueno, Darci.

–Creí que íbamos a ponernos a trabajar.

–Más tarde –respondió él besándola larga y apasionadamente–. Mucho más tarde.

Capítulo Once

Shane se sentía extrañamente descorazonado por tener que reconocer la derrota, o la victoria, según se mirase.

El sábado por la tarde, en la bodega, Darci cerró la última caja con archivos.

—Nada —dijo.

Jennifer, que se había pasado el día ayudándola, le puso la mano en el hombro.

—Lo siento mucho.

—Yo también —afirmó Shane haciendo esfuerzos para no abrazar a Darci.

Ella lo miró con impaciencia.

—No, tú no lo sientes.

—Claro que sí —no podía decir que le sorprendiera. Y era lo mejor para Colborn Aerospace y para él. Sin embargo, sentía la desilusión de Darci después de todo lo que había trabajado.

—Ahora ya te puedes regodear —dijo ella.

—No voy a hacerlo.

—Tenías una posibilidad muy remota de hallar algo —apuntó Jennifer al tiempo que apretaba el hombro de su amiga.

Justin apareció en la puerta con una tableta en la mano.

–Firmado, sellado y entregado –al ver la expresión de los otros pregunto–: ¿qué pasa?

–Esa era la última caja –dijo Shane señalando con la cabeza el lugar donde Darci se hallaba sentada.

–¿No ha habido sorpresas? –preguntó Justin.

–No –contestó Darci.

–Qué alivio.

–No seas imbécil –dijo Shane.

–¿Cómo? –Justin parecía perplejo–. ¿Alguno de vosotros creía que iba a haberlas?

–Yo sí –afirmó Jennifer.

–Es evidente que no conociste a Ian Rivers.

–No te metas con mi padre –le reprochó Darci.

–Justin… –le advirtió Shane.

–¿Qué? ¿Diriges una empresa o un grupo de apoyo emocional?

–Deja de comportarte como un imbécil.

–Al menos, es sincero –intervino Darci.

–Yo también soy sincero.

–Entonces, ¿volvemos a trabajar en el despacho? –preguntó Justin.

–Aún no –respondió Shane. No sabía lo que quería hacer a continuación, pero tenía claro que no era dejar a Darci.

–No sabemos nada a ciencia cierta –dijo Darci al tiempo que se ponía de pie y levantaba la caja. Shane se le acercó, la agarró y la puso en el carrito–. El hecho de que no haya pruebas no significa que no sea cierto.

–Te aferras desesperadamente a esa esperanza,

157

pero tienes razón. No podemos probar que no sea cierto –observó Justin.

–Estamos cansados y hambrientos –dijo Shane.

–Yo no estoy cansado –apuntó Justin mirando el reloj.

Shane no le hizo caso.

–Vamos a tomar el aire. Encenderé la barbacoa. Jennifer, elige un par de botellas de vino.

Ella lo miró con los ojos como platos.

–Vamos –la animó él.

–No tengo ni idea de vinos –aseguró ella. Pero sonreía mientras miraba a su alrededor.

–Aquí es difícil equivocarse.

–¿Crees que vas a apaciguarnos con un buen vino? –preguntó Darci.

–Creo que voy a emborracharos con un buen vino –replicó Shane.

–Escógelas de los estantes superiores –aconsejó Darci a su amiga.

–En ese caso –apuntó Shane riéndose– voy a ver si el cocinero tiene unos solomillos.

–¿Tienes algo en contra de tomar hamburguesas con un vino de Burdeos? –preguntó Darci.

–Te has vuelto experta muy deprisa.

Ella se puso seria.

–No tengo ganas de bromear.

–Sé que estás decepcionada –dijo él abrazándola. Por el rabillo del ojo vio que Justin y Jennifer intercambiaban una mirada. No sabía cuánto habrían adivinado ni cuánto le había contado Darci a su amiga. Pero Darci había dormido las dos noches anteriores con él, y no estaba dispuesto a fingir que no había nada entre ellos.

—No voy a darme por vencida.

—Muy bien —Shane no sabía qué más podía hacer ella.

¿Qué opciones había? ¿Qué haría él en su lugar? Llegar hasta el final. Y ella haría lo mismo.

—¿No te interpondrás en mi camino? —preguntó ella levantando la cabeza para mirarlo.

—¿No te he dicho que te ayudaría? —estaba convencido de que no encontrarían nada, pero la apoyaría hasta que ella aceptara la realidad.

La apretó contra sí pensando en las ganas que tenía de besarla.

—¿Queréis que os dejemos solos? —preguntó Jennifer.

—Sí —contestó Shane.

—No —respondió Darci al mismo tiempo.

Puso la mano en el pecho de Shane y se separó de él.

—Los estantes superiores, Jennifer. Es lo mínimo que nos debe.

—Voy a ver si hay carne —dijo Shane dándose por vencido. Justin se fue con él.

—¿Qué ha sido eso? ¿Darci y tú? ¿Qué hay entre vosotros?

—Nada que te importe.

—Soy tu abogado. Todo me importa.

—Mi vida sexual no es asunto tuyo.

—Tu vida sexual es lo que más quebraderos de cabeza me causa.

–Darci no te los causará –dijo Shane al llegar a la escalera.

–Pero ha amenazado con escribir un libro sobre ti.

–No era más que una amenaza. Cree que tiene razón.

–Ya lo sé, y eso es lo que la hace peligrosa.

–¿Puedes hallar algo que demuestre que se equivoca? –preguntó Shane mientras subían por la escalera.

–¿Te refieres a demostrar que fue Dalton quien hizo los planos?

–Sí, no basta con que ella no pueda comprobar que tiene razón.

–Desde un punto de vista legal, es suficiente.

–Pero yo no me refiero al punto de vista legal. Quiero demostrarle que se equivoca –afirmó Shane al llegar a al puerta de la cocina.

–¿Para poder seguir acostándote con ella?

–Cuidado con lo que dices, Justin.

–Tengo que saberlo todo, Shane, para poder aconsejarte legalmente.

–No se trata solo de sexo.

–Entonces, eso también debo saberlo. Si estás ofuscado, si no actúas teniendo en cuenta los intereses de Colborn Aerospace…

–Soy su dueño.

–Y yo tengo una responsabilidad hacia ti.

–No estoy ofuscado.

–¿Por qué no eres sincero?

Shane se preguntó cuál era la verdad. ¿Podía

decir con total sinceridad que Darci no lo ofuscaba? Si ella no le gustara, si no se acostaran, si, en vez de ella, un anciano afirmara lo mismo, ¿qué haría él?

–Tienes razón. Estoy ofuscado y no pienso con claridad en lo referente a ella.

–Por eso me necesitas.

–De acuerdo, seguiré tu consejo. Dime con sinceridad si hay algún problema en tratar de hallar pruebas de la inocencia de mi padre.

–Solo tendré que dedicarle tiempo.

–Pues encárgaselo a otra persona.

–De acuerdo.

Pruebas era lo que necesitaba Shane. Cuando Darci entendiera que su padre no había engañado al suyo, podrían centrarse en ellos mismos y ver hacia dónde iba su relación. A pesar de su ofuscamiento, sabía que ella era especial. Y no estaba dispuesto a echarlo todo a perder.

–Esto es increíble –dijo Jennifer.

Habían dejado las botellas de vino en una mesa al lado de la piscina y contemplaban la vista de la rosaleda.

–Todo lo que se refieres a Shane es increíble –respondió Darci.

–¿Qué vas a hacer ahora? –preguntó Jennifer.

–Seguir buscando.

Su padre había estado consternado muchos años para que su historia fuera falsa. Tenía que tener alguna base.

–¿Queda algún sitio por mirar?

–No lo sé.

No había encontrado pistas prometedoras en Colborn Aerospace y Shane le había dicho que los registros de D&I Holdings no se habían introducido en el sistema informático. También le había dicho que Dalton no tenía archivos en su despacho. Shane llevaba años utilizándolo. Si hubiera habido algo oculto, lo habría encontrado tiempo atrás.

Por extraño que pareciera, ella lo creía, lo que implicaba que se fiaba de él en cierta medida.

–¿Y qué vas a hacer con respecto a Shane?

–Tampoco lo sé.

–Le gustas.

–Le gusta acostarse conmigo.

–Y a ti con él.

Darci vio que Shane y Justin se acercaban desde la mansión, aunque aún no podían oírlas.

–¿Qué tiene que no pueda gustarme?

–¿Te ha dado muy fuerte?

–No lo sé. Él no es como me esperaba.

–¿Crees que te ha dicho la verdad sobre los planos?

–¿Te refieres a si creo que los ha destruido?

–O a que sepa que lo hizo su padre.

–Es imposible saberlo. Puede que nunca me entere.

Shane llegó adonde estaban y examinó las botellas.

–Vaya, qué decepción –dijo mirando a Jennifer–. No son de los estantes de arriba.

–No te puedes saber de memoria dónde está cada botella.

Shane le dio las botellas a Justin.

–Vuelve con ella a la bodega y que lo intente de nuevo.

–Estaban casi arriba del todo –afirmó Darci.

–Vamos –dijo Justin indicando la mansión con la cabeza.

–Daos prisa. Nos van a traer unos cócteles enseguida.

Cuando se hubieron alejado, Shane tomó de la mano a Darci y tiró de ella hacia sí.

–Tenemos diez minutos.

–¿Para qué?

–Para esto –se inclinó hacia ella y la besó–. Llevo todo el día muriéndome de ganas.

–Estás loco.

–Loco por ti –volvió a besarla, más larga y profundamente esa vez. Era maravilloso, y Darci se dejó llevar por la sensación.

Shane apoyó la frente en la de ella.

–Quédate esta noche. Aunque la búsqueda haya acabado, no quiero que te vayas.

Era tremendamente tentador apartar la realidad y simplemente quedarse en brazos de Shane.

–¿Qué estamos haciendo, Shane?

–Disfrutar mutuamente de nuestra compañía.

–No es esto lo que deseaba ni lo que había planeado.

–Ya lo sé. También yo estoy desconcertado.

–No va a acabar bien.

–Nos las arreglaremos –dijo volviendo a besarla.

–¿Y si tengo razón?

–De momento, no es así.

–Pero, ¿y si la tengo?

–¿Y debo darte quinientos millones de dólares?

–¿Crees que eso es lo que busco?

–¿Qué otra cosa, si no? –preguntó él sonriendo.

Ella no daba crédito a lo que oía.

–¿Bromeas? ¿Crees que quiero la mitad de Colborn Aerospace?

–Acabas de pasarte semanas…

–Solo quiero el valor de mercado de la propiedad intelectual de mi padre en el momento en que dejó la empresa, más los intereses, desde luego, porque me parece que es lo razonable. Pero, sobre todo, quiero que tú y todos los demás reconozcan su contribución a la industria al haber creado un motor revolucionario. Y nadie lo sabe.

–¿No quieres controlar la empresa?

–¿Creías que era eso lo que quería?

–Sí, por supuesto.

–¿Porque eso es lo que tú harías?

–Porque es lo que cualquiera haría.

–Yo no soy cualquiera.

–No –volvió a besarla.

–Para.

–No.

–Estamos discutiendo.

–Ya lo hemos dejado. Nos estamos besando.

Volvió a besarla y el cuerpo de ella reaccionó al beso.

–Haces trampa –dijo ella suspirando.

–Y tú me espías.

–Ya no.

–Porque te descubrí –volvió a besarla y ella gimió.

–Quédate –repitió él en voz baja.

Darci no podía negar que era lo que deseaba, por lo que dejó de resistirse.

–Solo una noche más.

–Una noche más –Shane le agarró los senos y en su rostro apareció una expresión posesiva.

Shane observó a Darci cruzar el dormitorio descalza. Primero, ella miró las fotos de los estantes, después miró por la ventana. Llevaba la camisa de él, que le llegaba hasta medio muslo. Tumbado en la cama deshecha, Shane aún notaba la huella de esos muslos alrededor de su cintura.

–¿Era esta la habitación de tus padres? –preguntó ella dirigiéndose al armario.

–No, la suya estaba en la parte delantera de la casa.

–¿No te mudaste al dormitorio principal cuando murieron?

–Me gusta este.

–¿No querías ser el señor de la mansión?

–No me parece que esta lo sea. Hay casas mucho más grandes.

–¿Cuántos dormitorios hay? –preguntó ella abriendo el armario.

–Siete.

–¿Y las dependencias del personal?

–Encima del garaje.

–¿Te importa? –preguntó ella indicando el armario con un gesto de la cabeza.

–Todo tuyo –por lo que Shane sabía, no había secretos en su armario, ya que el personal de la casa los hubiera descubierto años antes–.El interruptor está a la derecha.

–¿Qué hay dentro?

–Trajes, sobre todo; zapatos y corbatas. Algún viejo portafolios y un par de relojes. Ah, y si abres el panel secreto que hay detrás del tercer estante encontrarás los planos originales de la turbina que demostrarán que la historia de tu padre era verdad.

–Ja, ja –Darci desapareció dentro del armario.

–¿No es eso lo que buscas?

–No sé lo que busco –se produjo un silencio–. Un momento, esto no se ve todos los días.

–¿El qué?

–Shane, debieras habérmelo dicho.

Él se levantó de la cama mientras ella lanzaba una risita dentro del armario.

–¿Qué estás…?

Vio que se había colocado sobre la cintura unos boxer con rayas de tigre.

–Son un regalo –explicó él.

–Seguro.

–Aún tienen la etiqueta.

–Pruébatelos.

–De ningún modo.

–Seguro que estás sexy –dijo ella haciendo un mohín.

–Entonces, póntelos tú. ¿A que no te atreves?

–Ahora verás.

Se inclinó y metió un pie. Los faldones de la camisa se abrieron ofreciendo a Shane una excelente vista. Ella sacó la lengua, lo cual lo excitó aún más. Darci se subió los boxer hasta la cintura, sujetándolos por detrás para que no se le cayeran.

–¿Qué tal? –preguntó haciendo una pirueta.

–Cariño –respondió él acercándose a ella. Le pasó el brazo por la cintura y la atrajo hacia sí–, estás ridícula.

–No tanto como lo estarías tú.

–Me has librado de una buena.

–Yo soy así.

–Me gustas como eres –afirmó él completamente en serio.

–No –dijo ella dejando de sonreír.

–¿No qué?

–No te pongas serio. No puedo seguir si te pones serio.

–Te deseo, en serio –le desabotonó la camisa, introdujo la mano y la llevó a su espalda.

–Estoy ridícula –susurró ella.

–Estás preciosa. Siempre lo estás. No me imagino a nadie que lo esté más.

Se inclinó y dejó un reguero de besos en su hombro. Tenía la piel cálida, suave y fragante.

–Sigo trabajando contra ti –murmuró ella.

–Lo sé –y le daba igual.

–Estoy aquí buscando pruebas.

–También lo sé.

Le puso una mano en un seno. Se lo acarició y sintió endurecerse el pezón contra la palma. Le agarró la mano con la que se sujetaba los boxer, que cayeron al suelo. Él se agachó e hizo que ella lo imitara. Se sentó en la alfombra y ella lo hizo en su regazo. Ella le acarició el pelo.

–Me gustas así –susurró él.

Ella respiró hondo.

–Mi plan era esperar a que te durmieras para registrar la habitación de tu padre.

–Te ayudaré.

–No debieras hacerlo.

Él la sujetó por las caderas y ella gimió cuando sus cuerpos se unieron. Él la besó en la mandíbula, en la mejilla y en la boca. Y absorbió cada movimiento de sus caderas.

Aunque acababan de hacer el amor, su pasión no conocía la paciencia. Le aterrorizaba que ella se quedara atrás. Quería ir más despacio, pero sus instintos primarios lo dominaban.

–Shane –le murmuró ella al oído–, oh, Shane –su voz era sedosa mientras lo incitaba, repitiendo su nombre sin parar.

Los murmullos se transformaron en gritos de placer. Él la imitó. ¿Y si nunca la hubiera conocido?, pensó. La sujetó con fuerza. El sudor les humedecía el cuerpo. El corazón les latía al unísono y a ambos les faltaba el aire.

–Ha sido… –Shane no pudo acabar la frase.

–Distraído –dijo ella.

–No era eso lo que quería decir –dijo él sonriendo.

–Estamos en el armario. Nunca había tenido sexo en un armario.

–Y yo nunca lo había tenido con una mujer con boxer con rayas de tigre. Y pensar que los odiaba.

–¿Los sigues odiando?

–Me encantan –la abrazó con más fuerza.

Ella rio y, después, respiró hondo.

–Iba en serio lo que te he dicho.

–¿Qué me has dicho?

–Que, en cuanto te duermas, voy a registrar la habitación de tu padre.

–¿Qué esperas encontrar?

–No sé. Tal vez una confesión firmada.

–Te echaré una mano.

–Me traerás mala suerte; esperas que fracase.

–La confesión estará allí o no estará. La suerte no va a hacer que aparezca. Te sigues aferrando a una esperanza sin fundamento.

–Me da igual.

Él le tomó el rostro entre las manos.

–¿No vas a darte por vencida nunca?

–Aún no.

–¿Podrás soportar estar equivocada? ¿Podrás soportarme si lo estás?

–Y tú, ¿soportarás que tenga razón?

–Sí –era una idea tan descabellada que ni se le había pasado por la cabeza.

–Entonces, vamos a echar un vistazo.

Ella se volvió a abotonar la camisa y se levantó. Después, con una mirada pícara, le dio los boxer.

–Ya es oficial: me encantan –afirmó él poniéndose en pie.

Agarrados de la mano, salieron de la habitación y se detuvieron tres puertas más abajo, ante el dormitorio principal. Hacía años que él no entraba allí. Se había convertido en la habitación de invitados.

Encendió la luz y Darci ahogó un grito, aferrándose a su brazo.

–¿Por qué no me lo habías dicho?

–¿El qué?

–Eso –contestó ella avanzando hasta llegar al escritorio de madera de nogal de la pared del fondo.

–No es un escritorio secreto.

–Pero es antiguo.

–Mi padre lo tuvo muchos años –explicó él mientras se le acercaba.

–Tal vez contenga cosas antiguas –dijo ella abriendo el cajón de arriba.

–Está vacío, Darci.

Ella fue abriendo los cajones cada vez más deprisa, pero solo encontró una pluma y algunos sujetapapeles.

–Lo siento –dijo él poniéndole la mano en el hombro.

Ella abrió el último cajón. Estaba vacío. Lo cerró de golpe y se refugió en los brazos de Shane.

Capítulo Doce

Darci decidió seguir buscando. Podía haber pasado por alto cosas en aquella enorme mansión.

Después de desayunar, le dijo a Shane que iba a inspeccionar el resto de las habitaciones. Él le deseó suerte negando con la cabeza.

No halló nada prometedor en la planta baja ni en el segundo piso. Cuando acabó con el tercero, su confianza comenzaba a debilitarse. Lo único que le quedaba era el sótano, que prácticamente ya había visto por entero.

En el pasillo del sótano oyó las voces de Shane, Justin y otros dos hombres. Justin decía a Shane que tenían que empaquetar el material que había en la bodega y volver a la oficina, y este estaba de acuerdo.

Darci pensó que era su última oportunidad. Se dirigió al archivo diciéndose que tal vez algo se hubiera colocado mal, que quizá hubiera cajas de D&I Holdings mezcladas con las de Colborn.

Comenzó por las primeras, que habían sido puestas de nuevo en su sitio.

Las cajas del estante siguiente eran de Colborn Aerospace, de los primeros años de la empresa. Las cajas estaban viejas y polvorientas, y había algunas torcidas. Era evidente que hacía años que nadie las había abierto. Le llamó la atención una etiqueta del estante inferior, en la que se leía «Colborn Aerospace, aplicaciones de patentes». Se agachó y sacó la caja. Respiró hondo, esforzándose en no hacerse ilusiones que se habían visto defraudadas muchas veces. Abrió la caja y fue examinando los documentos de forma metódica, pero no halló ninguna referencia a una turbina.

Cuando llevaba analizado la mitad del contenido halló un grueso fajo de papeles doblados con una nota sobre ellos. Reconoció la escritura de Dalton. «Adelante archívalos. Si él todavía no lo ha hecho, es que no los tiene», decía la nota.

Darci se sentó en el suelo y desdobló los papeles. Le costó creer lo que veía. Eran fotocopias de esbozos, con la denominación de «motor de turbinas». Nadie las firmaba, pero había una sospechosa marca blanca en el extremo inferior. Y la nota de Dalton lo condenaba. «Archívalos» debía de referirse a las patentes, y «él», a su padre. Dalton le decía a alguien que archivara las fotocopias de los planos porque no creía que Ian tuviera los planos originales.

Todo era verdad, pensó emocionada. Y allí estaba la prueba.

Se levantó jadeando y salió de la habitación, aturdida, para dirigirse a la bodega. Las voces de Shane y sus acompañantes se hicieron más fuertes a medida que se acercaba. Se detuvo en el umbral. Tenía la boca seca y tragó saliva un par de veces.

–Lo he encontrado –susurró.

Los cuatro hombres que había en la bodega, Shane, Justin, Tuck y otro al que no conocía dejaron de hablar y la miraron.

–¿Los planos? –preguntó Shane.

–Una copia –afirmó ella entrando–. Hay una nota que escribió Dalton.

–¿Están firmados? –preguntó Justin al tiempo que se los arrebataba de las manos.

–No, pero reconozco la letra de mi padre.

–Esto puede significar cualquier cosa –apuntó Justin mientras hojeaba los papeles.

–La nota estaba unida a las copias, y se encontraban en una caja con la etiqueta de «Aplicaciones de patentes».

Justin se acercó a la mesa y entregó la nota a Shane antes de desplegar los planos.

–Dice que debieran archivar la patente –dijo Darci a Shane–. «Él» se refiere a mi padre y «los» a los planos. No se puede interpretar de otra forma.

Los otros dos hombres se les aproximaron.

–Este es Dixon, mi hermano –dijo Tuck a Darci.

Ambos se saludaron.

–Aquí no hay nada que relacione los planos con tu padre –dijo Justin.

–Han borrado la firma –replicó ella al tiempo que indicaba la mancha blanca–. Después, archivaron la patente con una fotocopia de los planos originales y confiaron en que estos nunca salieran a la luz.

–En la nota no hay ningún nombre propio –observó Justin.

–¿Crees que miento? –miró a Shane en busca de ayuda, pero, antes de que pudiera intervenir, Justin continuó.

–No vamos a darte quinientos millones de dólares por una nota escrita a mano.

–No quiero el dinero. ¿Cuántas veces tendré que repetirlo? Pregúntale a Shane. Le he pedido el precio de mercado de mil novecientos ochenta y nueve.

–¿Eso es todo? –preguntó Tuck, sorprendido.

–Más los intereses y el reconocimiento debido a mi padre por su invento. Me parece justo.

–¿Y qué pedirás después? –preguntó Justin.

Ella lo fulminó con la mirada.

–La mitad de la empresa –apuntó Dixon.

–Eso es exactamente lo que quiere –afirmó Justin.

–No lo creo –dijo Tuck.

–Todas son iguales –observó Dixon.

–¿Qué demonios os pasa? –Darci no pudo contenerse más tiempo–. Cuando veáis dónde los he encontrado, lo que dice la nota y lo que ya sabemos, veréis que demuestra que Dalton robó los planos.

–No si no tenemos los originales firmados –dijo Tuck, que la observaba con más simpatía que los demás–. Lo siento Darci, pero es así.

Ella los miró con cara de pocos amigos.

Shane habló por fin y ella atisbó un rayo de esperanza. Pero dijo:

–No está tan claro –su tono era precavido.

Y, de pronto, ella se dio cuenta. Se hubiera reído si no fuera tan doloroso. Había sido una ingenua. Ellos cerraban filas para proteger sus intereses.

–No ibas a creértelo de ninguna manera –dijo dirigiéndose a Shane–. Encontrara lo que encontrara, te las arreglarías para desacreditarlo.

–Sigues sin haber encontrado lo que buscas: los originales firmados.

–¿Y entonces me creerías?

–Hay mucho en juego para…

–No, Shane. Tú no te juegas nada porque no vas a consentir que suceda. Me has estado tomando el pelo.

–No, si hubieras encontrado los originales…

–También los habrías desacreditado.

Quería gritar y llorar. Era un estúpida y se había dejado engañar.

Salió de la bodega y corrió por el pasillo hasta la escalera. Subió y siguió corriendo hasta salir de la casa por la puerta principal, donde tenía aparcado el coche. Se montó y se marchó a toda velocidad.

Estaba segura de que Shane aceptaría las pruebas y de que estaba de su lado. Creía que había algo especial entre ellos. Le pareció que el corazón le dejaba de latir.

Aparcó rápidamente en una calle lateral y apoyó la cabeza en el volante.

Había creído que lo amaba y que la suya era una relación de verdad. Pero él tenía otros planes. Y ella no ganaría ni siquiera presentando pruebas sólidas ante un tribunal.

Le sonó el móvil, pero no contestó. Se agarró con fuerza al volante. ¿Había llegado el momento de darse por vencida? ¿Debía volver a casa con el corazón partido? No podía volver a ver a Shane ni él la dejaría que siguiera buscando.

Abrió el bolso, sacó la carta de su padre y la volvió a leer. Sus palabras eran tan airadas, tan desesperadas... Después miró la foto de él en su despacho de D&I Holdings. Parecía contento y lleno de vida, y ella deseó haber conocido esa faceta de su padre.

Lo miró durante largo rato. Después centró su atención en el escritorio situado detrás de él. De hecho, había dos escritorios, uno frente al otro, como los de Jennifer y ella. Y eran idénticos.

El corazón comenzó a latirle más deprisa.

También eran iguales que el del antiguo dormitorio de Dalton. Uno de aquellos dos escritorios estaba en aquellos momentos en la habitación del padre de Shane.

Ya había revisado uno de los escritorios, el de la habitación de Dalton. Pero, ¿y el otro?

De pronto cayó en la cuenta.

Su padre debía de habérselo llevado. Y si era este el que escondía los planos, su padre no hubiera necesitado nada de Dalton. Se habría limitado a presentar los planos originales a un abogado y habría ganado el caso.

A menos que alguien hubiera intercambiado los escritorios.

Tenía que ser eso. Su padre no podía entrar en

176

la mansión de Dalton. Si los escritorios se habían cambiado por accidente, no habría podido recuperar los planos.

En cuanto Shane saliera de la mansión, intentaría inspeccionar de nuevo el escritorio de la habitación de su padre.

Shane miró la nota de su padre debatiéndose entre lo que era legal y lo que era ético.

–No sigas por ahí –le aconsejó Justin que, obviamente, le había leído el pensamiento.

–Ella tiene razón –dijo Shane.

–No te fíes de ella.

–Ese es el problema: que me fío.

–Te ha amenazado con escribir un libro sobre ti –dijo Justin levantando la voz.

–Podría ser como Bianca –apuntó Tuck.

–No lo es.

–Es como Kassandra –intervino Dixon.

Todos lo miraron en silencio.

–Confiaba en ella. Me peleé con mi padre por ella.

–No es lo mismo –dijo Shane.

–Es exactamente igual. Crees que no puedes vivir sin ella, pero, un día, conoce a un ejecutivo de una compañía farmacéutica, y un equipo de abogados intenta despojarte de todo lo que tienes.

–¿No va bien el proceso de divorcio? –preguntó Shane a Dixon.

–Va estupendamente porque soy inteligente. No seas tú un idiota.

–No voy a casarme con ella –declaró Shane al tiempo que se la imaginaba vestida de blanco.

–Te ha mentido y te ha espiado –apuntó Justin.

–No voy a renunciar a ella.

–Al menos, espera.

–Si lo hago, la perderé.

–Es un riesgo inaceptable –insistió Justin.

–Lo corro yo.

–Sigue mi consejo o me marcharé –lo amenazó Justin.

Shane se fijó en la convicción del rostro de su abogado y amigo. Justin era inteligente y brillante, pero no conocía a Darci como él.

–Pues vete.

–¡Vaya! –exclamó Tuck.

–Mi padre podría haberlo hecho –afirmó Shane–. Se demuestre o no, Dalton podría haber robado a Ian Rivers, lo cual no es culpa de Darci, que es una persona estupenda y trata de hacer lo correcto.

–Yo ya he pasado por eso –afirmó Dixon.

–¿Y podría alguien haberte detenido?

Dixon no respondió.

–Vete si es lo que quieres –repitió Shane a Justin.

–Eres idiota –contestó este.

–Está enamorado –le corrigió Dixon.

Condujo a toda velocidad y aparcó frente al edificio de Darci. Subió en el ascensor y, rápidamente localizó la casa de ella.

Le sorprendió comprobar que la puerta estaba entreabierta.

–Porque no puedo marcharme así –oyó que decía un hombre desde el interior.

Shane, ofuscado, entró corriendo y vio la espalda de un hombre que, inclinado sobre una mujer, la besaba. Ella tenía una actitud pasiva, con los brazos caídos a los lados.

Shane lo agarró por el cuello de la camisa.

–Quítale las manos de encima –gritó dando la vuelta al desconocido y lanzándolo contra la pared.

Se dio cuenta de que era Jennifer la que hablaba, no Darci.

Shane retrocedió y se dirigió a Jennifer.

–Creí que eras Darci.

–Está en la mansión –contestó ella, aturdida.

–¿Estás bien? –preguntó él volviendo a mirar al desconocido.

–Sí. Él es Ashton Watson. Se marchaba.

–Eso parece –contestó Ashton dirigiendo a Jennifer una mirada cargada de reproches–. A no ser que quieras decirme algo más.

Ella se quedó callada, con los labios apretados.

–No volveré –aseguró Ashton.

Después de hacer un seco gesto con la cabeza a Shane, salió del piso.

–No era mi intención irrumpir de esa manera.

–Da igual. ¿Qué pasa? ¿Dónde está Darci? Creí que estaba en la mansión.

–Estaba, pero se marchó. Nos hemos peleado.

–Ha encontrado una prueba, pero yo no la he respaldado. No se sostendrá ante un tribunal, pero para ella es suficiente, y creo que para mí también.

La expresión de Jennifer se suavizó.

–Y has venido a decírselo.

–Sí.

–¿Estas enamorado de ella?

Se la imaginó de nuevo vestida de blanco y, después, con un bebé en los brazos, mientras Gus y Boomer correteaban por la hierba. La deseaba. E iba a hallar el modo de transformar esas imágenes en realidad. Tenía un modo de conseguirlo.

–Si me caso con ella, automáticamente pasaría a ser dueña de la mitad de la empresa.

La idea fue abriéndose paso en su cabeza.

–Ella podría dejar de buscar las pruebas que probablemente ni siquiera…

De pronto, cayó en la cuenta. Si no había vuelto a su casa era porque había regresado a la mansión a buscar los planos originales.

Tosió para no soltar una carcajada.

–Está en la mansión, me apuesto lo que quieras. Ha esperado hasta que he salido, después, ha entrado para seguir buscando.

–Entonces, ¿por qué sonríes?

–Porque es astuta, y eso me encanta. Pero voy a pillarla con las manos en la masa y a acabar con esto de una vez por todas.

***

Darci gimió al separar el escritorio de la pared en el dormitorio de Dalton Colborn.

No sintió remordimientos al dirigirse al dormitorio principal. Incluso le daba igual que la arrestaran. Darci no lo amaba. Se negaba a querer a un hombre que la había tomado el pelo de aquella manera.

Volvió a examinar los cajones del escritorio, sacándolos y dándoles la vuelta. Después, miró debajo del mueble en busca de algún compartimento secreto. Todo sin resultado. Sin embargo, se negaba a darse por vencida.

Como había separado lo suficiente el escritorio de la pared, lo palpó. Su última esperanza era que hubiera un compartimento secreto.

Distinguió un reborde en una de las tablas, lo recorrió con los dedos y halló una pequeña hendidura en el centro. La presionó, introdujo el pulgar en el hueco y tiró hacia sí. La madera cedió un poco.

Se puso de rodillas y metió los dedos en la grieta. Volvió a tirar con fuerza y una tabla se deslizó hacia fuera unos centímetros. Se le aceleró el pulso. Agarró la tabla con ambas manos y tiró de ella.

El estrecho compartimento estaba lleno de polvo, pero contenía una bolsa de plástico. La sacó. Estaba sudando y se apartó de la cara el cabello húmedo.

Buscó un sitio donde hubiera más luz y abrió la bolsa. Sacó unos papeles y los desdobló. Allí estaban: los planos de la turbina.

Con el corazón golpeándole en el pecho de la emoción, los estiró sobre la alfombra. Los dibujos, líneas y números no tenían sentido para ella. Pero en una de las esquinas figuraba una fecha y la firma de su padre.

–¿Darci? –Shane apareció en la puerta.

Ella levantó la cabeza desde detrás del escritorio, dispuesta a compartir el hallazgo con él, pero recordó que estaba furiosa.

Él se quedó boquiabierto al ver la posición del escritorio, el polvo y los cajones esparcidos por el suelo. Su expresión casi era cómica, pero ella se esforzó en seguir furiosa y en intentar no amarlo. Sin embargo, lo único que quería era lanzarse a sus brazos.

–¿Te has vuelto loca?

–No me has dejado otra opción –dijo ella al tiempo que se levantaba.

–¿Has desmontado el escritorio de mi padre?

–He tenido que hacerlo. Debía demostrar que tenía razón.

–Debiera hacer que te arrestaran.

–Están aquí, Shane.

–Pero no voy a hacerlo.

–Shane, están…

–En lugar de eso, te voy a hacer una propuesta. Bueno, más bien…

–Cállate.

–No, cállate tú –dijo él.

–Tengo que decirte algo muy importante.

–Yo también.

–Pero…

–Aunque, pensándolo mejor, voy a dar la alarma y a hacer que te arresten.

–Muy bien –afirmó ella apretando los labios.

Pero, por algún motivo, él le sonrió y le puso un dedo en los labios al ver que intentaba hablar. Se acercó más a ella.

–Tengo una idea. Es una locura, pero así ha sido nuestra relación. Crees que te mereces la mitad de mi empresa.

No era eso lo que ella deseaba.

–Yo…

–Una palabra más y te besaré.

–Nunca…

La besó. Ella no se resistió, y pronto estuvieron estrechamente abrazados y besándose con pasión.

Al cabo de unos minutos, él se separó. Le tomó el rostro entre las manos y la miró a los ojos.

–Te quiero, Darci. Estoy enamorado de ti y quiero que estés conmigo para siempre. La solución es muy sencilla.

–Espera un momento. ¿Qué has dicho?

–Cásate conmigo y la mitad de Colborn Aerospace será tuya. Da igual quién inventara la turbina. Da igual que nunca demostremos nada. Aunque debo reconocer que ahora veo el asunto desde tu punto de vista.

–¿Qué has dicho? –repitió ella.

–Que veo las cosas desde tu punto de vista.

–No, antes.

–Te he pedido que te cases conmigo.

–Yo… Tú… –señaló el escritorio–. Los he encontrado, Shane. Había dos escritorios idénticos y un compartimento secreto en la parte de atrás de este. Supongo que alguien los intercambió.

–No te sigo.

–Ven a verlo –dijo ella sonriendo.

Ella puso los planos sobre el escritorio para que ambos los vieran.

–Entones, son estos –observó Shane.

–Misterio resuelto –afirmó ella, profundamente satisfecha. Había restablecido el buen nombre de su padre.

–Supongo que ya no tienes que casarte conmigo –dijo Shane en tono desilusionado.

–No tengo que casarme contigo, pero quiero hacerlo. No para apoderarme de tu empresa ni para limpiar el nombre de mi padre, sino porque yo también te quiero. Estoy enamorada de ti, Shane, y quiero casarme contigo.

–Me parece increíble –afirmó él volviendo a abrazarla–. Eres la mujer más maravillosa, tenaz y perfecta del mundo. Creí que te había perdido. Me alegro de que no sea así.

–Seguro que nuestros padres no se hubieran imaginado esto –dijo ella suspirando.

–Espero que nos estén observando desde allá arriba. Y espero que lo sigan haciendo, porque vamos a hacer cosas en la empresa con las que nunca habrían soñado –le acarició la espalda–. ¿Quieres que tu apellido también aparezca en el nombre de la empresa?

–Creo que no sería aconsejable desde el punto de vista comercial. Además, pronto seré una Colborn.

–En efecto, lo antes posible. ¿Qué te parece en Las Vegas?

–No vas a casarte en Las Vegas –la voz de Justin les llegó inesperadamente desde el umbral de la puerta.

–Creo que es mejor una gran boda a la que invitaremos a cientos de posibles clientes.

–Ni lo sueñes –dijo Shane.

–Hola, Justin –Darci lo saludó.

–¿No estás enfadada conmigo?

–Ya no.

–Estupendo, porque vamos a tener que trabajar juntos. Aún no estamos fuera de peligro, pero esta es una historia de gran interés humano. Restablecerá la buena reputación de Shane y ayudará a lanzar nuestra nueva línea comercial.

–No le hagas caso –dijo Shane.

–No me parece mala idea –contestó Darci.

–No lo dirás en serio –dijo Shane a Darci.

–Si no fuera por Colborn Aerospace, no nos hubiéramos conocido. Te encanta tu empresa, y a mí tus planes para ella. Ambos deseamos lo mejor para los empleados. Si casarnos por todo lo alto sirve de ayuda, hagámoslo.

–Haz caso a tu prometida –dijo Justin.

–Tendrá la boda que desee –afirmó Shane.

–Mientras seas tú el novio, no me importan los detalles –apuntó ella acariciándole las mejillas.

–No tienes que decidirlo ahora mismo.

Darci se volvió hacia Justin.

–Ya lo he decidido. Empieza a organizarla.

Justin se marchó antes de que Shane pudiera mostrar su desacuerdo.

–¿Esta asociación va a ser asimétrica? –preguntó Shane

–Esta asociación va a ser perfecta.

–Media empresa, media mansión y media cama para cada uno.

–Y tendrás que ponerte los boxer con rayas de tigre.

–Y tú tendrás que ponerte un anillo de diamantes –la agarró de las manos–. Ahora mismo. Vamos a sellar este pacto hoy.

No te pierdas, *Juegos del destino*
de Barbara Dunlop,
el próximo libro de la serie
Hombres de Chicago
Aquí tienes un adelanto...

Kalissa Smith se quitó los guantes manchados de tierra de trabajar en el jardín y retrocedió, sonriendo con orgullo y satisfacción. Habían tardado un mes, pero la nueva pradera brillaba como una esmeralda bajo el sol de agosto. Los parterres, situados contra las paredes de ladrillo de la casa de dos pisos de los Newberg, tenían tierra nueva, y habían plantado arces enanos en una de las esquinas del espacioso jardín, que proporcionaban sombra e intimidad.

–Los pimenteros quedan muy bien –dijo Megan desde la camioneta de la empresa–. Creo que a los Newberg les gustarán.

–Más vale que sea así –observó Kalissa.

–¿Hemos ganado algún dinero con esto? –preguntó Megan.

–Eso espero –contestó Kalissa–. Hemos perdido con la turba, pero hemos ahorrado en la mano de obra.

–Porque casi todo lo hemos hecho nosotras.

–No está mal que nos fijemos un salario tan razonable.

Megan sonrió ante al chiste.

–Tiene un aspecto fantástico.

A Kalissa le dolían los hombros, tenía las pantorrillas cargadas y los abdominales doloridos de tantos días de esfuerzo físico. Pero así se ahorraba ir al gimnasio, además de ponerse morena.

–Voy a hacer unas fotos para la página web.

Mosaic Landscaping llevaba funcionando algo menos de un año. Kalissa y Megan la habían creado cuando sacaron se graduaron en la universidad en Diseño Paisajístico.

–Esta tarde había tres nuevas consultas en el buzón de voz –apuntó Megan.

–¿Podemos al menos cenar antes de empezar un nuevo proyecto?

–Me apetece una hamburguesa.

–Pues vamos a Benny's.

Benny's Burger era un pequeño restaurante en un callejón cercano a la tienda en las que ambas trabajaban, al oeste de Chicago. Habían alquilado la vieja tienda y el almacén debido a su generoso tamaño y a lo razonable del alquiler. La estética no había intervenido en su decisión, aunque habían pintado y adecentado el piso que había arriba, en el que habían metido dos camas y algunos muebles usados.

Kalissa sacó la máquina de fotos de la camioneta para hacer fotos desde distintos ángulos. Mientras tanto, Megan recogió las herramientas que quedaban y las metió en la caja que había en la camioneta. Después se apoyó en esta y se puso a mirar su tableta.

–¿Hay más consultas en la web? –preguntó Kalissa.

UN AMOR DE LUJO

NATALIE ANDERSON

Bella siempre se había sentido como el patito feo de su familia, pero después de una noche con el increíblemente sexy Owen, se sintió como un hermoso cisne. Claro que eso fue hasta que se dio cuenta de que Owen no era el tipo normal y corriente que ella había creído...

Cuando descubrió que era multimillonario, le entró verdadero pánico, porque esa era justamente la clase de hombres a los que solía evitar.

Sin embargo, Owen no estaba dispuesto a dejar que Bella volviese a esconderse en su caparazón. Dos semanas de placer en su lujoso ático, y pronto la tendría pidiéndole más...

¡A MERCED DE UN ARDIENTE MILLONARIO!

¡YA EN TU PUNTO DE VENTA!

Acepte 2 de nuestras mejores novelas de amor GRATIS

¡Y reciba un regalo sorpresa!

Oferta especial de tiempo limitado

Rellene el cupón y envíelo a

Harlequin Reader Service®
3010 Walden Ave.
P.O. Box 1867
Buffalo, N.Y. 14240-1867

¡Si! Por favor, envíenme 2 novelas de amor de Harlequin (1 Bianca® y 1 Deseo®) gratis, más el regalo sorpresa. Luego remítanme 4 novelas nuevas todos los meses, las cuales recibiré mucho antes de que aparezcan en librerías, y factúrenme al bajo precio de $3,24 cada una, más $0,25 por envío e impuesto de ventas, si corresponde*. Este es el precio total, y es un ahorro de casi el 20% sobre el precio de portada. !Una oferta excelente! Entiendo que el hecho de aceptar estos libros y el regalo no me obliga en forma alguna a la compra de libros adicionales. Y también que puedo devolver cualquier envío y cancelar en cualquier momento. Aún si decido no comprar ningún otro libro de Harlequin, los 2 libros gratis y el regalo sorpresa son míos para siempre.

416 LBN DU7N

Nombre y apellido	(Por favor, letra de molde)
Dirección	Apartamento No.
Ciudad	Estado	Zona postal

Esta oferta se limita a un pedido por hogar y no está disponible para los subscriptores actuales de Deseo® y Bianca®.
*Los términos y precios quedan sujetos a cambios sin aviso previo.
Impuestos de ventas aplican en N.Y.

SPN-03   ©2003 Harlequin Enterprises Limited

Bianca

Esa desatada pasión amenazaba con consumirlos a los dos...

La última vez que Serena de Piero había visto a Luca Fonseca, él terminó en una celda. Desde entonces, el multimillonario brasileño había tenido que luchar para limpiar su reputación, pero nunca la había olvidado. Cuando Luca descubrió que Serena trabajaba en su fundación, su furia se reavivó.

Pero Serena había cambiado. Por fin era capaz de manejar su vida y no iba a dejarse intimidar por él. Lidiaría con los castigos que infligiera en ella su nuevo jefe, desde pasar unos días en el Amazonas a la selva social de Río de Janeiro. Pero lo que no podía controlar era la pasión, más ardiente que la furia de Luca.

REENCUENTRO CON SU ENEMIGO
ABBY GREEN

¡YA EN TU PUNTO DE VENTA!

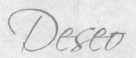

Diamantes y mentiras
Tracy Wolff

Marc Durand, magnate de la industria del diamante, sabía que no debía confiar en su exprometida, Isabella Moreno. Años antes, cuando su padre había robado gemas a los Durand, ella había mentido por él.

Marc no la había perdonado, pero tampoco había podido olvidarla. Como estaba en deuda con él, cuando su empresa tuvo problemas graves, exigió su ayuda. Hasta que descubriera la verdad quería tener a su enemiga cerca, y en su cama.

*Cuando dos examantes trabajan juntos,
¡saltan las chispas!*

¡YA EN TU PUNTO DE VENTA!